10대를 위한
꿈의 명언

10대를 위한
꿈의 명언

찍은날·2014년 7월 31일
펴낸날·2014년 8월 5일

지은이·김옥림
펴낸이·임형오
편집·최지철
디자인·이선화
펴낸곳·미래문화사
등록번호·제1976-000013호
등록일자·1976년 10월 19일
주소·경기도 고양시 덕양구 삼송로 139번길 7-5(삼송동 78-28) 1F
전화·02-715-4507 / 713-6647
팩스·02-713-4805
전자우편·mirae715@hanmail.net
홈페이지·www.miraepub.co.kr

ⓒ 김옥림 2014

ISBN 978-89-7299-427-5 43810

청소년에게
꿈과 희망, 용기를
북돋아 줄 한마디!

10대를 위한

김옥림 지음

꿈의 명언

미래문화사

꿈을 길러주는
보석보다 귀한 말

한 마디의 좋은 말은 인생을 바꿀 만큼 힘이 있습니다. 마음을 움직이는 한 마디의 좋은 말엔 긍정의 에너지가 살아 숨 쉬고 있기 때문에 역동적이고 창조적인 말을 많이 알아둘수록 자신이 발전하는 데 큰 도움이 됩니다.

세계 최고 의과대학인 미국 존스 홉킨스 대학을 설립한 윌리엄 오슬러는 평범한 의대생이었습니다. 그는 학교를 마치고 의사로서 잘살아갈 수 있을까 하는 막연한 불안감을 안은 채 무덤덤하게 하루하루를 보낼 뿐이었습니다.

그러던 어느 날 윌리엄 오슬러는 어떤 문장을 접하고는 가슴이 뜨거워지는 것을 경험합니다. 그날 이후 그의 삶은 완전히 바뀌었습니다. 지금껏 살아왔던 것과는 달리 하루를 일주일처럼 값지게 살았고 그 결과 자신을 최고의 인생으로 만들 수 있었습니다.

오슬러의 인생을 바꾼 건 영국의 사상가 토머스 칼라일이 한 말이었습니다.

"우리들의 중요한 임무는 희미한 것을 보는 것이 아니라, 가까이 있는 분명한 것을 실천하는 것이다."

훌륭한 인생을 살았던 사람들이나 살고 있는 사람들의 말은 윌리엄 오슬러를 변화시킨 토마스 칼라일의 말처럼 사람을 변화시키는 힘을 가집니다.

저는 우리나라의 10대들이 꿈을 이루는데 작은 도움이라도 주고 싶어 세계적인 위인들의 말에 사상과 철학을 곁들여 10대들이 이해하기 쉽고 실천할 수 있도록 '꿈을 길러주는 말'에 관한 책을 세상에 내놓게 되었습니다.

이 책에는 프리드리히 니체, 데카르트, 플라톤 등의 철학자와 괴테, 톨스토이, 세르반테스 등의 문학가와 링컨, 처칠, 마하트마 간디 등의 정치가와 공자, 열자, 율곡 이이 등의 동양의 사상가, 스티븐 스필버그, 존 워너메이커, 헬렌 컬러, 월트디즈니 등 이름만 대면 알 수 있는 성공한 인물들이 남긴 주옥같은 말이 반짝반짝 빛나고 있습니다.

이 책 한 권이면 다양한 지식과 지혜를 습득함은 물론 긍정의 에너지를 듬뿍 받게 됨으로써 자신이 성장하고 발전하는 데 큰 도움이 될 것입니다.

하지만 아무리 좋은 말도 가슴에만 담아두면 발아 되지 않는 씨앗과 같습니다. 실천에 옮겼을 때 비로소 씨앗이 발아되어 싹을 틔우고, 꽃을 피워 열매를 맺듯 긍정의 에너지를 뿜어냄으로써 좋은 결과를 이루게 됩니다.

우리나라의 10대들이 각자 자신의 꿈을 이루는데 이 책이 훌륭한 친구가 되길 바라며 모두가 자신의 꿈을 이루고 행복하길 기원합니다.

김 옥 림

작가의 말
꿈을 길러주는 보석보다 귀한 말 4

#Chapter1

행복학개론, 사랑과 우정 사랑/행복/우정

#Chapter2

인생을 자신의 뜻대로 살기 위하여 변화/도전/성공/실패

효/충/예/성찰 우리 고유의 아름다운 문화를 부탁해

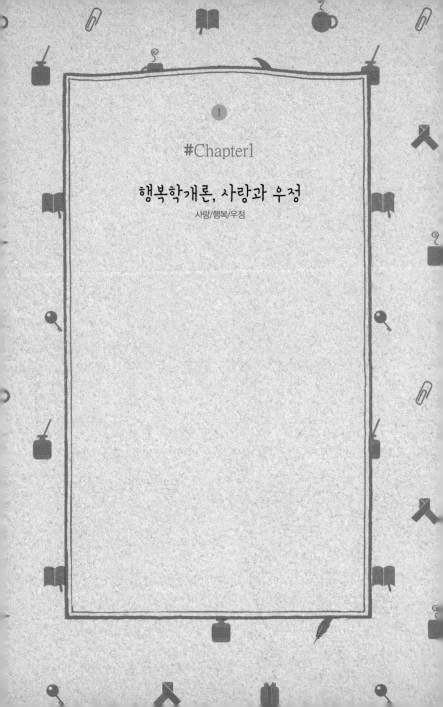

#Chapter1

행복학개론, 사랑과 우정

사랑/행복/우정

우리는 서로가 서로에게 나는 당신을 사랑합니다.
나는 당신을 믿습니다. 나는 당신의 승리를 확신합니다, 라고
희망을 주는 사람이 되어야 한다.

사랑하는 사람이 발전한다

누군가를 사랑하게 되면
자신의 결점이나
마음에 들지 않는 부분을
상대에게 들키지 않으려고 처신한다.
이것은 허영심에서 나오는 것이 아니다.
사랑하는 사람을 상처 주지 않으려는 것이다.
그리고 상대가 언젠가
그것을 알아차리고 혐오감을 갖기 전에
어떻게 해서든 스스로 결점을 고치려 한다.
이러한 사람은 좋은 사람으로,
어쩌면 신과 비슷한 완전성에
끊임없이 다가가는 인간으로서 성장할 수 있다.

• 프리드리히 니체

• 프리드리히 니체Friedrich Wilhelm Nietzsche (1844~1900) 19세기 독일의 철학자, 시인. 니체는 개
신교 목사의 아들로 태어났다. 종교와 도덕, 문화, 철학, 과학에 대한 비평을 썼으며, 경구(aphorism)
에 대한 자신만의 생각을 잘 표현했다. 약관의 24세에 스위스 바젤 대학에서 교수로 고전철학을 가
르치며 꾸준히 강연활동을 벌였다. 1872년 첫 작품 《비극의 탄생》을 발표하였다. 그 후 대학을 그만
두고 십여 년 동안 긴 방랑생활을 하면서도 꾸준히 집필활동을 하였다. 키르케고르와 더불어 실존
주의의 선구자적인 역할을 했으며, 자유주의, 힘의 논리 등의 마키아벨리즘, 권위주의, 반대주의 등
에 대해 강력히 비판한 것으로 유명하다. 대표적인 작품으로 《차라투스트라는 이렇게 말했다》, 《인
간적인 너무나 인간적인》 외 다수가 있다.

사랑하는 마음이 생기면 상대에게 좋은 모습을 심어주기 위해 자신의 결점을 고치려고 합니다. 자신의 결점을 상대에게 보이는 것은 부끄러운 일이면서 예의가 아니라는 생각에서일 것입니다. 독일의 철학자 프리드리히 니체 또한 사랑을 하게 되면 사랑하는 사람에게 상처를 주지 않기 위해 자신의 결점을 고치려고 노력한다고 말했습니다.

　사랑하는 마음은 부정적인 생각도 긍정적으로 바꾸게 하고, 소극적인 마음도 적극적인 마음으로 변하게 합니다. 사랑하는 마음속엔 긍정의 에너지가 샘물처럼 넘쳐나기 때문입니다. 사랑하는 사람들이 언제나 얼굴에 미소가 꽃처럼 피어나고, 행동은 부드럽고 마음엔 온유한 기운이 감도는 이유입니다.

　10대는 몸과 마음이 가장 활발하게 성장하는 시기이며 이성에 눈뜨는 시기입니다. 이성을 보면 가슴이 두근거리고, 맘에 드는 친구를 보면 공연히 얼굴이 발개지기도 합니다. 이는 당연한 현상으로 몸과 마음이 건강하다는 뜻입니다.

　이처럼 소중한 시기에 사랑하는 친구에게 예의를 갖춰 긍정적으로 대하면 서로에게 힘이 되고 꿈을 주는 소울메이트가 될 수 있고 발전적인 사람으로 성장하게 됩니다. 사랑하는 사람이 발전하는 것은 사랑의 힘이 모든 것을 가능하게 만들기 때문입니다.

＊ 사랑은 '인생의 보석'이자 이 세상의 모든 것이다.

진실한 사랑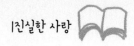

때때로 줄기만이 자라고
꽃이 피지 않는 때가 있다.
또 꽃만 피고
열매가 열리지 않는 때가 있다.
진실이란 것을 알고 있는 사람은
진실을 사랑하고 있다고 말해도 좋다.
그러나 진실을 사랑한다고 해도
사랑함으로써 진실을 행하고 있다고는
말할 수 없는 것이다.

▪ 공자

....

▪ **공자**孔子 (B.C 551~479) 중중국 춘추전국시대의 교육자, 철학자, 사상가, 학자. 유교의 시조. 창고를
관장하는 위리, 나라의 가축을 기르는 승전리 등의 말단관리로 근무하였다. 40대 말에 중도의 장관
이 되었으며, 노나라의 재판관이며 최고위직인 대사구가 되었다. 그러나 그는 곧 자리에서 물러났다.
공자는 6예 즉 예禮, 악樂, 사射(활쏘기), 어御(마차술), 서書(서예), 수數(수학)에 능통했으며 역사와 시詩에
뛰어나 30대에 훌륭한 스승으로 이름을 떨쳤다. 그는 모든 사람이 배우는데 힘쓰기를 주장하였으
며 배움은 지식을 얻기 위한 것만이 아니라 인격을 기르는 거라고 정의하였다. 공자는 평생을 배우
고 가르치는 일에 전념하여 3,000명이 넘는 제자를 두었다고 한다. 공자의 어록 모음집인 《논어》가
있다.

행복학개론, 사랑과 우정

거짓 없는 마음은 사람을 사귈 때나, 사랑할 때나, 어떤 일을 하는 데 있어서나 반드시 필요한 마인드입니다. 거짓 없는 사람은 진실한 사람으로 누구에게나 믿음을 주고 신뢰를 갖게 합니다.

특히 사랑하게 되면 진실한 마음으로 상대를 사랑해야 합니다. 거짓을 말하거나 거짓된 행동을 한다면 둘 사이가 불행해질 수 있습니다. 불행한 사랑을 한다는 것은 자신들은 물론 주변 사람들에게도 깊은 상처를 주게 됩니다.

공자는 '진실이란 것을 알고 있는 사람은 진실을 사랑하고 있다고 말해도 좋다'고 했는데 진실한 말과 행동은 진실한 마음에서 오기 때문입니다.

자신이 진실한 사람인지를 진지하게 생각해보는 것은 매우 중요합니다. 그렇다면 자신이 진실한지 아닌지를 어떻게 알 수 있을까요?

그것은 자신의 양심에 비추어 자신에게 진실하면 진실한 것이고, 부끄럽다면 누구에게든지 부끄러운 사람일 수밖에 없습니다. 왜냐하면 자신도 모르게 양심에 부끄러웠던 것은 일상생활에 그대로 드러나기 때문입니다.

진실한 사람이 되어 진실한 사랑을 하고 싶다면 거짓된 말과 행동을 떨쳐버리세요. 거짓이 담긴 말과 행동은 반드시 버려야 하는 쓰레기와 같습니다. 하지만 진실한 말과 행동은 반드시 가지고 있어야 할 삶의 보석입니다.

* 진실한 사람만이 진실 된 사랑을 할 수 있다.

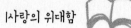

ㅣ사랑의 위대함

인간의 사랑은
인간의 위대한 영혼을
더욱 위대한 것으로 만든다.

• 프리드리히 실러

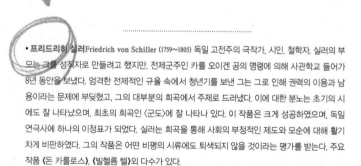

• **프리드리히 실러**Friedrich von Schiller (1759~1805) 독일 고전주의 극작가, 시인, 철학자. 실러의 부모는 그를 성직자로 만들려고 했지만, 전제군주인 카를 오이겐 공의 명령에 의해 사관학교 들어가 8년 동안을 보냈다. 엄격한 전제적인 규율 속에서 청년기를 보낸 그는 그로 인해 권력의 이용과 남용이라는 문제에 부딪혔고, 그의 대부분의 희곡에서 주제로 드러냈다. 이에 대한 분노는 초기의 시에도 잘 나타났으며, 최초의 희곡인 〈군도〉에 잘 나타나 있다. 이 작품은 크게 성공하였으며, 독일 연극사에 하나의 이정표가 되었다. 실러는 희곡을 통해 사회의 부정적인 제도와 모순에 대해 활기차게 비판하였다. 그의 작품은 어떤 비평의 시류에도 퇴색되지 않을 것이라는 평가를 받는다. 주요 작품 《돈 카를로스》, 《빌헬름 텔》외 다수가 있다.

행복학개론, 사랑과 우정

사랑은 사람들에게 꿈과 용기를 줍니다. 꿈과 용기가 없는 사람도 사랑을 하게 되면 꿈과 용기를 얻게 됩니다. 사랑은 꿈과 용기의 에너지를 품고 있어, 사랑하는 사람에게 자신감을 선물하기 때문입니다.

　사랑을 하는 사람과 사랑을 하지 않는 사람을 보면 확연하게 차이가 납니다. 사랑하는 사람은 꿈과 용기의 에너지가 넘치는 자신감으로 몸과 마음을 활기차게 해줍니다. 따라서 어떤 일을 하던 적극적으로 하게 됩니다. 그러다 보니 자신이 원하는 꿈을 이루게 되고 행복해집니다.

　하지만 사랑을 하지 않는 사람은 활기가 떨어지고 소심하게 행동합니다. 그러다 보니 충분히 할 수 있는 것도 머뭇거리게 되고 그 결과는 실패로 끝나기 일쑤입니다.

　'인간의 사랑은 인간의 위대한 영혼을 더욱 위대한 것으로 만든다'는 실러 말은 그래서 매우 적확한 지적이라 할 수 있습니다. 사랑하지 않는 사람은 사랑이 주는 꿈과 용기의 에너지가 얼마나 강한지를 잘 모르지만, 사랑을 하는 사람은 사랑이 주는 꿈과 용기의 에너지의 힘을 잘 압니다.

　성공적인 꿈을 이룬 사람들은 사랑의 위대함을 잘 알고 있습니다. 그들은 사랑을 할 때 열정을 바쳐 사랑하였으며, 사랑에서 뿜어져 나오는 자신감의 에너지를 꿈을 이루는데 활용하였습니다.

　자신의 꿈을 이루고 싶다면 진실하고 열정적으로 사랑하십시오.

＊ 사랑은 인간의 위대한 능력을 더욱 위대하게 만드는 꿈과 용기의 에너지이다.

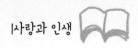

사랑하는 것이 인생이다.
기쁨이 있는 곳에
사람과 사람 사이의 결합이 이루어진다.
사람과 사람 사이의 결합이 있는 곳에
또한 기쁨이 있다.

▪ 괴테

··

▪ **요한 볼프강 폰 괴테**Johann Wolfgang von Goethe (1749~1832) 독일 최고 시인, 작가, 과학자, 정치가, 독일 고전주의 문학의 대표작가이다. 괴테는 어린 시절 천재교육을 받을 만큼 뛰어났다. 그는 문학 외에 법률에도 관심을 기울여 1770년 스트라스부르 대학에서 법률박사 학위를 받았다. 또한 그림에도 재능이 뛰어나 그림을 그리기도 했다. 뿐만 아니라 광물학, 식물학, 골상학, 해부학에도 조예가 깊어 연구를 하는 등 실적을 쌓았다. 괴테는 바이마르 대공화국의 정무를 담당하는 추밀참사관, 추밀고문관, 내가수반으로 약 10년간 정치활동을 했다. 그는 다재다능한 능력으로 자신의 능력을 펼쳐 보인 위대한 천재로 평가받는다. 주요작품으로는 《파우스트》, 《젊은 베르테르의 슬픔》, 《이탈리아 기행》 외 다수가 있다.

인간은 사랑을 통해 더욱 인간다울 수 있습니다. 그것은 인간은 사랑을 떠나서는 살 수 없는 존재이기 때문입니다. 사랑함으로써 인간은 행복할 수 있는데, 사랑이 빠진 행복은 오래가지 못합니다. 그런 행복은 빈껍데기와 같아 간절함이 없기 때문입니다. 오래도록 행복을 이어가고 싶다면 아낌없이 사랑하십시오. 자신이 사랑을 쏟는 만큼 자신 또한 사랑을 받게 될 것입니다.

영국의 시인 로버트 브라우닝Robert Browning은 말했습니다.

"사랑은 최선의 것이다."

여기서 최선이라는 것은 모든 것, 즉 전부라는 의미로 나의 모든 것을 다 바쳐 상대방을 사랑하는 것을 말합니다.

반면, 사랑을 장난처럼 여기거나 재미난 게임 정도로 여기는 사람들이 있습니다. 이는 매우 위험한 생각으로 그런 사람은 사랑의 진실을 알지 못합니다. 사랑을 장난처럼 여기면 장난 같은 사랑으로 인해 씻을 수 없는 불행에 빠질 수 있습니다.

10대는 인생에 있어 가장 민감한 시기입니다. 어린이에 속하지도, 어른에 속하지도 못하는 주변인이기 때문입니다. 이 불완전한 시기에 사랑에 대한 바른 자세를 갖는다면 행복한 사랑을 하게 되어 안정적인 삶을 추구할 수 있을 것입니다.

＊ 사랑은 인간에게 주어진 과제이자 삶의 목적이다.

사랑은 누구나 시인이 되게 한다

사랑을 하는 동안은 누구나 시인이다.

• 플라톤

....

• **플라톤**Platon (BC428~BC348) 고대 그리스 철학자이다. 그리스철학은 크게 고전기 철학과 헬레니즘 시대의 철학으로 나뉘는데 그리스 고전 철학은 다시 소크라테스 이전과 이후로 나뉜다. 플라톤은 소크라테스가 기초한 사상을 크게 발전시키며 절정을 이루었는데, 이는 서양문화의 철학적 기초를 마련하는 성과를 낳았다. 또한 아카데미학파를 개설하였으며, 그의 모든 사상의 발전에는 윤리적 동기를 바탕으로 하고 있다. 그는 또 이성理性이 인도하는 것은 무엇이든 따라야 한다고 주장하였으며 이성주의적 입장을 견지하였다. 한마디로 플라톤의 철학의 핵심은 이성주의적 윤리학이라고 할 수 있다.

고대 그리스 철학자 플라톤은 사랑을 하면 누구나 시인이 된다고 했는데 이는 아주 적절한 지적입니다. 사랑을 하면 모든 것이 아름답게 보입니다. 그 대상이 사람이든, 꽃과 풀과 나무와 같은 자연이든, 그 무엇이라 할지라도 의미를 부여하게 됩니다. 그래서 같은 것도 다르게 생각하게 되고, 가급적이면 아름답고 생동감 넘치는 언어로 표현하려 합니다.

전에는 사랑하게 되면 편지를 많이 썼습니다. 상대에 대한 자신의 주체할 수 없는 사랑의 감정을 표현함으로써 자신의 사랑을 끝없이 전달하려 한 것이지요.

요즘은 SNS로 자신의 사랑을 실시간 전달하게 됩니다. 편지든 SNS든 글을 통해서 자신의 사랑을 전해야 하므로 같은 말도 더욱 감동적으로 보이기 위해 생각을 짜내야 합니다. 그러니 사랑을 하게 되면 언어의 표현력이 자연스럽게 좋아질 수밖에 없게 됩니다. 어찌 시인이 아니라고 할 수 있을까요.

그런데 개중에는 말을 너무 함부로 하기도 합니다. 특히, 10대 때엔 강하게 보이기 위해 일부러 거친 말을 하기도 합니다. 입이 거칠면 강하게 보이기보다는 다듬어지지 않아 미숙해 보입니다. 그런 사람에게는 교양이나 진정성이 느껴지지 않습니다. 무서운 개가 짖는 법입니다. 같은 말도 아름답고 적절하게 표현되도록 신경 써서 해보십시오. 거기에 조금의 위트도 섞어서 말하게 된다면 상대방에게 호감과 믿음을 얻을 수 있을 것입니다.

* 사람은 누구나 시인의 감성을 갖고 있다. 다만, 그것을 제대로 표현하지 못할 뿐이다.

인간이 존재하는 목적은
부자가 되기 위해서가 아니라
행복하기 위해서다.

• 스탕달

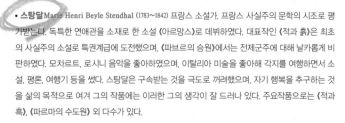

• **스탕달**Marie Henri Beyle Stendhal (1783~1842) 프랑스 소설가. 프랑스 사실주의 문학의 시조로 평가받는다. 독특한 연애관을 소재로 한 소설 《아르망스》로 데뷔하였다. 대표작인 《적과 흑》은 최초의 사실주의 소설로 특권계급에 도전했으며, 《파브르의 승원》에서는 전제군주에 대해 날카롭게 비판하였다. 모차르트, 로시니 음악을 좋아하였으며, 이탈리아 미술을 좋아해 각지를 여행하면서 소설, 평론, 여행기 등을 썼다. 스탕달은 구속받는 것을 극도로 꺼려했으며, 자기 행복을 추구하는 것을 삶의 목적으로 여겨 그의 작품에는 이러한 그의 생각이 잘 드러나 있다. 주요작품으로는 《적과 흑》, 《파르마의 수도원》 외 다수가 있다.

인간은 누구나 행복하기를 바랍니다. 먹고, 마시고, 공부하고, 일하고, 사랑하고, 결혼하는 것은 결국 행복해지기 위해서입니다. 행복은 인간이 추구하는 기본 권리이면서 으뜸가는 삶의 목적입니다.

그런데 어떤 사람들은 더 많은 것을 갖기 위해 남에게 못할 짓을 하고, 더 높은 자리에 앉기 위해 남을 중상모략하기도 합니다. 또 없는 사실을 만들어 상대를 곤경에 처하게 하고, 있는 사실을 은폐하기도 합니다.

진실을 왜곡하는 것은 그 어떤 것일지라도 용서받을 수 없습니다. 그것은 자신은 물론 상대를 고통스럽게 하는 결과를 낳기 때문입니다. 뿐만 아니라 사회의 질서를 무너뜨리는 행위입니다. 이런 상황에서 인간은 전혀 행복을 느끼지 못하고 불행하다고 생각하게 됩니다.

자신이 행복해지기 위해서는 행복한 일을 해야 합니다. 그렇게 될 때 자신은 물론 남도 행복하게 되고 이런 사람들이 많아질 때 사회도 행복해집니다.

인간은 행복하기 위해 태어난 존재입니다. 하지만 저절로 오는 행복은 없습니다. 행복해지고 싶다면 행복한 일을 찾으십시오. 그것이 행복해질 수 있는 가장 확실한 방법입니다.

＊ 행복해지고 싶다면 행복한 일을 하라. 저절로 찾아오는 행복은 없다.

인간은 자신이 행복하다는 것을
알지 못하기 때문에 불행한 것이다.

• 도스토엡스키

....

• **도스토엡스키**Fyodor Mikhailovich Dostoevsky (1821~1881) 러시아 소설가. 정교회 사제가문에서 태어났다. 1848년 혁명에 가감하여 사형을 선고받았으나 철회되었다. 1861년 형과 같이 잡지 〈시대〉를 창간하였으나 1863년 발행을 중지 당했다. 1873년 〈국민신문〉에 《어느 작가의 일기》를 연재하였다. 키르케고르와 함께 위기의 신학, 변증법의 신학의 선구자로 평가받는다. 그는 구원이란 약한 자, 비천한 자에게 신의 자유로운 선물로서 주어지는 것이라는 신앙관을 견지하였다. 이러한 그의 신앙관과 사상은 그의 작품에 그대로 반영되어 나타났으며, 후세의 문학과 종교사상에 큰 영향을 끼쳤다. 주요작품으로는 《죄와 벌》, 《카라마조프가의 형제들》 외 다수가 있다.

행복학개론, 사랑과 우정

자신이 불행하다고 말하는 10대들이 의외로 많습니다. 아침 일찍부터 저녁 늦게까지 공부를 하다 보니 숨이 탁탁 막혀 몸도 마음도 지칠 대로 지친다고 합니다. 무엇이든 공부에만 초점이 맞춰있어 집에서도 공부, 학교에서도 공부, 어딜 가나 그저 공부만 하라고 한답니다.

충분히 이해합니다. 한창 꿈이 자라는 시기에, 하고 싶은 것도 많은 시기에 오직 공부만 한다는 것은 지겹고 힘든 일입니다.

중고등학교 시절은 6년으로 인생에서 보면 그리 긴 시간은 아닙니다. 하지만 이 시기가 지나면 공부만 전념할 수 있는 시간은 다시 오지 않습니다. 그러므로 훗날에 후회 없도록 6년이란 세월을 소중하게 여기십시오.

자신을 행복하다고 여기는 사람은 그 어떤 상황에서도 흔들리지 않습니다. 언제나 자신을 행복하다고 여깁니다. 그러나 자신을 불행하다고 느끼는 사람은 좋은 조건에서도 나쁘게만 생각하는 버릇이 있습니다.

아무리 힘든 상황에서도 자신을 극복할 수 있는 최선의 방법은 자신에게 긍정의 힘을 불어넣는 것입니다. 그렇게 되면 자신을 불행하다고 여기는 마음을 이겨내고 자신의 꿈을 향해 나아갈 수 있습니다. 자신의 단점에 매이지 말고, 자신의 장점을 통해 행복한 10대가 되기 바랍니다.

* 같은 상황에서도 자신을 행복하다고 여기는 사람은 행복하고, 불행하다고 여기는 사람은 불행할 뿐이다.

고락에서 오는 행복

아무런 노력 없이 얻는 행복은
곧 달아나 버린다.
참다운 행복은
고락을 통해
마음을 단련시킴으로써
얻어지는 것이다.
그런 행복은 다시 잃는 법이 없다.

• 채근담

• **채근담**採根譚 명나라 고전문학가인 홍자성(본명 홍응명)의 어록으로 삼교일치의 처세 철학서이다. 채근담은 경구 풍의 단문 350여 조로 구성되어 있다. 중국에서는 잘 알려지지 않았으나 한국에서는 널리 읽혔다.

지은이에 대해 잘 알려지지 않은 것이 아쉬움으로 남지만, 진사 우공겸의 친구로 쓰촨 성의 사람으로 추정할 뿐이다. 저서로는 《선불기종》 8권이 있으며, 《채근담》과 함께 《희영헌총서》에 들어가 있다.

노력 없이 요행을 바라는 사람들이 있습니다. 요행을 바라는 사람들은 대개 허황된 마음에 들떠있는 사람입니다. '하늘에서 돈벼락이나 내렸으면', '어디 뭐 좋은 것 없을까'하고 망상에 잠기곤 합니다.

　요행은 자신의 능력을 소멸시키는 좀과 같습니다. 좀이 옷을 슬듯 요행은 자신의 능력을 살금살금 갉아먹습니다. 자신이 불행해지지 않으려면 요행이라는 망상에서 벗어나야 합니다.

　노력 없이는 자신이 원하는 것을 얻을 수 없습니다. 자신이 원하는 것을 얻기 위해서는 땀을 흘리고, 열정을 바쳐야 합니다. 이처럼 노력을 통해 이룬 행복은 쉽게 사라지지 않습니다. 그 이유는 고락(어려움과 기쁨이)이 함께 했기 때문입니다.

　하지만 노력 없이 이룬 행복은 모래 위에 지은 집과 같아 쉽게 사라져버립니다. 어려움과 기쁨이 함께하지 않아 그 소중함을 모르는 까닭입니다.

　10대는 자아가 한창 형성되는 시기입니다. 이 시기에 노력에 대한 바른 가치관을 기르는 것이 무엇보다 중요합니다. 바른 가치관을 갖게 되면 허황된 꿈을 꾸지 않습니다. 아무리 힘들고 어려워도 오직 노력을 통해서만 자신의 꿈을 이루려고 합니다.

　고락을 통한 행복, 그것이야말로 참된 행복입니다.

＊ 이 세상에 존재하는 모든 행복은 고락을 통해 이룬 아름다운 결실이다.

|나를 행복하게 하는 웃음의 미학美學

행복해서 웃는 것이 아니라
웃어서 행복한 것이다.

▪ 윌리엄 제임스

....

▪ **윌리엄 제임스**William James (1842~1910) 미국 하버드대학 교수 역임. 심리학자이자 철학자로 근대 심리학의 창시자로 불린다. 그는 철학은 인간이 활동 중에서 가장 숭고하며, 가장 사소한 것이라고 말한다. 또한 철학은 가장 작은 틈새에서 작용하면서도 가장 넓은 전망을 열어젖힌다고 비유적으로 말하며, 철학이 밥을 먹여주지는 못하지만 우리의 영혼에 용기를 불어넣는다고 주장하였다. 철학은 삶의 모든 것에 기초하면서 철학 없이는 어느 누구도 살아갈 수 없다며 철학을 옹호한 것으로 유명하다. 그는 또 심리적인 관점에서 삶을 통찰하는 탁월한 능력으로 심리학이 발전하는데 크게 기여하였다. 주요저서로는 《심리학원리》, 《프래그머티즘》, 《근본적 경험론》 외 다수가 있다.

행복학개론, 사랑과 우정

미국의 유명한 심리학자인 윌리엄 제임스는 '행복해서 웃는 것이 아니라 웃어서 행복한 것이다.'라고 했습니다. 대개는 행복해야 웃는다고 생각합니다. 논리적으로 볼 때 맞는 말입니다. 그러나 이를 반대로 '생각해 웃으니까 행복하다'고 한다면 얘기는 달라집니다.

왜 그럴까요? 이 방법을 실천하면 행복을 더 많이 느끼기 때문입니다. 이처럼 적극적으로 행복을 찾으려는 노력은 자신을 더욱 행복하게 해줍니다.

문제는 적극적으로 행복을 찾으려고 하지 않는다는 것입니다. 그러다 보니 자신을 행복하다기보다는 그저 그렇다고 하거나 불행하다고 말하게 됩니다.

10대는 공부로 오는 스트레스와 친구 관계에서 오는 스트레스가 많은 시기입니다. 건강에 나쁜 스트레스를 그대로 두면 마음의 병이 되어 자신이 불행하다고 여기게 됩니다. 그러나 웃음으로 털어버리면 스트레스를 확 날려버릴 수 있어 건강에도 좋고, 자신을 행복하다고 여겨 매사를 적극적으로 풀어나가 좋은 결과를 얻게 됩니다.

'웃으면 복이 온다'는 속담이 있듯이 '웃음'은 우리 몸의 신진대사를 활발하게 해주는 보약과 같습니다. 웃음의 보약으로 자신을 행복하게 하는 10대가 되세요.

---

* 웃음을 '명약'이라고 하는 것은 웃으면 신진대사가 활발해져서 몸의 기능을 원활하게 해주기 때문이다.

만족함을 아는 사람은
가난하고 지위가 없어도 즐거워한다.
만족함을 알지 못하는 사람은
부자가 되고 벼슬에 올라도 근심한다.

- **열자**列子

··

- **열자**列子 중국 도가 경전의 하나로 《충허지덕진경》이라고 한다. 이 책을 쓴 저자는 중국 전국시대의 도가사상가인 열자列子이다. 《한서》예문지에 는 8편으로 기록되었으나 없어지고, 현재 전하는 《열자》 8편은 진나라 장담이 쓴 것이다. 《열자》에는 만간고사, 우화, 신화, 전설이 많이 실려 있다. 하지만 이는 《맹자》, 《회남자》에 나오는 양주사상과는 다르다. 《열자》는 도교가 유행하면서 도교경전으로 인정받아 《충허진경》, 《충허지덕진경》으로 불린다.

행복학개론, 사랑과 우정

충만하도록 행복한 마음, 넘쳐서 부족하지 않은 것을 만족이라고 하는데 사람은 자신의 만족을 위해 삽니다. 힘들고 어려운 일에도 도전하고, 자신의 것으로 남을 돕습니다.

어떤 사람들은 노력도 없이 만족하기를 바랍니다. 그 마음자세로는 절대로 만족할 수 없습니다. 도둑 심보를 가졌기 때문입니다.

어느 구두수선공의 이야기입니다.

그는 언제나 싱글벙글하였습니다. 한 번도 찡그리는 것을 본 적이 없었죠.

"무슨 좋은 일이 있어요?"

"꼭 좋은 일이 있어야만 웃나요. 웃다 보면 그냥 기분이 좋아요."

구두수선공은 사람들이 물을 때마다 늘 이렇게 말했고 사람들은 긍정적인 모습에서 기분 좋은 에너지를 받곤 했습니다.

그는 힘들게 번 돈을 구호단체에 정기적으로 후원하고, 매월 첫째, 셋째 주 일요일마다 봉사활동을 합니다. 이런 사실을 아는 사람들은 그를 '스마일 맨'이라고 부릅니다.

그는 비록 잘 살지는 못해도 자신의 삶에 매우 만족해합니다. 가난하거나 지위가 낮아도 자신이 만족하면 됩니다.

그러나 부유하고 지위가 높아도 만족하지 못한다면 불행한 일입니다.

---

* 스스로 만족하는 삶을 사는 사람이 지혜로운 사람이다.

참다운 우정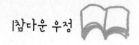

참다운 우정은 뒤에서 보아도 똑 같다.
앞에서 보면 장미,
뒤에서 보면 가시라는 것은 아니다.
그러므로
참다운 우정이란 영원히 변치 않는다.

▪ 프리드리히 뤼케르트

▪ **프리드리히 뤼케르트**Friedrich Ruckert (1788~1866) 독일시인. 동양 언어를 독학으로 익힌 뒤 동양 문학을 번역, 모방하여 독일의 독자들에게 아라비아, 피르시아, 인도 중국의 신화와 운문을 소개하였다. 1826년부터 에를랑겐 대학교와 베를린 대학에서 동양 언어학을 강의하였다. 1848년 학문연구와 저술활동에 전념하여 서사시와 역사극을 여러 편 발표하였다. 하지만 서정시를 통해 크게 성공하였으며 명성을 얻었다.

대표작품으로 〈갑옷을 두른 소네트〉가 있는데 프로이센인들에게 나폴레옹의 지배에 대항하여 해방전쟁에 참여할 것을 감동적으로 그린 시이다. 그리고 〈죽은 아이를 기리는 노래〉는 두 아이를 잃었을 때 쓴 시로 작곡가 구스타프 말러가 곡을 붙여 연가가곡으로 만든 것으로 유명하다.

친구는 살아가는 데 있어 반드시 필요한 존재입니다. 참된 우정을 가진 친구는 꿈을 주고, 용기를 주고, 믿음을 주는 고마운 사람이기 때문입니다. 다음은 아름다운 우정이 얼마나 소중한지를 잘 알게 하는 이야기입니다.

영국 수상을 두 차례나 지낸 윈스턴 처칠Winston Churchill이 어린 시절, 시골에 놀러 갔다 물에 빠졌을 때 어떤 소년이 구해 주었습니다. 그 인연으로 둘은 친구가 되었습니다. 처칠은 의사가 꿈인 가난한 친구의 꿈을 이뤄주고 싶어 시골에서 있었던 얘기를 아버지에게 하며 친구를 도와 달라고 말했습니다. 처칠의 아버지는 아들을 살려준 은인인 시골 소년을 런던으로 데려와 먹이고 입히고 공부를 시켜주었습니다. 의사가 된 소년은 전쟁터에서 죽을병에 걸린 처칠의 병을 고쳐주었습니다. 제1차 세계대전 중에 푸른곰팡이를 발견하여, 페니실린을 만들어 흑사병으로 죽어가던 많은 생명들을 구했습니다. 그는 바로 알렉산더 플레밍Alexander Fleming입니다.

영국의 수상이 된 처칠과 훌륭한 의사가 된 플레밍은 각각 노벨문학상과 노벨의학상을 받았습니다. 둘은 소중한 우정을 간직한 채 서로를 끌어주고 밀어줌으로써 세계사에 길이 남는 성공한 인물이 되었습니다.

영원히 변치 않는 우정의 친구를 둔다는 것은 큰 행복입니다. 좋은 친구를 많이 사귀고, 자신 또한 상대에게 좋은 친구가 되어주세요.

* 친구는 제2의 자신이다. 친구에게 하는 대로 자신에게 돌아온다.

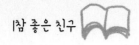
친구란,
두 개의 신체에 깃든
하나의 영혼이다.

• 아리스토텔레스

....

• **아리스토텔레스**Aristoteles (B.C384~ ?) 고대 그리스 철학자로 플라톤과 더불어 그리스 최고의 사
상가로 평가받는다. 그가 세운 철학과 과학의 체계는 오랫동안 그리스도교 사상과 스콜라주의 사
상을 받쳐주었다. 그는 물리학, 화학, 생물학, 동물학, 심리학, 정치학, 윤리학, 논리학, 형이상학, 문
예이론, 수사학 등 매우 다양한 분야에서 연구하였으며, 그의 연구는 후세에 이것 모두가 발전하는
데 크게 기여하였다. 특히, 아리스토텔레스의 윤리학, 정치학, 형이상학, 과학철학 등은 현대철학자
들 사이에서 활발히 논의될 만큼 시공을 초월하여 주목받고 있다. 주요저서로는 《행복론》, 《철학에
관하여》, 《정의에 관하여》, 《이데아에 관하여》 외 다수가 있는데 아쉽게도 없어졌다고 한다.

화가가 꿈인 뒤러Albrecht Dürer와 그의 친구는 너무도 가난하였습니다. 가난하다 보니 그림 공부를 하는 데 어려움이 많았습니다. 그래서 둘은 약속을 하였습니다. 한 친구가 먼저 공부하는 동안 다른 친구가 일해서 뒷바라지를 해주고. 그리고 화가가 된 친구가 다른 친구를 뒷바라지해주기로 한 것입니다.

친구의 도움으로 공부를 마치고 화가가 된 뒤러는 친구를 찾아갔습니다. 그가 친구 집에 도착하였을 때 친구의 기도 소리가 들려왔습니다.

"하나님, 저는 일을 하느라 손이 일그러져서 더는 그림을 그릴 수 없사오니, 제 친구 뒤러가 훌륭한 화가가 되게 도와주십시오. 하나님, 저의 소원을 꼭 이루어주세요."

자신을 위해 기도하는 친구를 보고 감동한 뒤러는 눈물을 흘리며 친구의 일그러진 손을 그렸습니다. 친구의 손은 이 세상 그 누구의 손보다도 아름다운 손이었습니다.

좋은 친구는 큰 자본을 얻는 것과 같다는 크리스토프 레만 Christoph Lehmann의 말처럼 좋은 친구는 자신의 인생에서 가장 소중한 존재 중 하나입니다.

＊ 좋은 친구를 곁에 두기 위해서는 자신이 먼저 좋은 친구가 되어야 한다.

믿음으로 벗을 사귀기

벗을 사귈 때는 믿음으로 사귀라.
믿음 없이 사귀며 공경 없이 지낼 것인가.
일생에 공경함을 처음과 끝이 같게 하라.

▪ 박인로

....

▪ **박인로**朴仁老(1561~1642) 조선 시대 문신. 정철, 윤선도와 더불어 조선 3대 시가 인으로 불린다. 박인로는 이 세상에 남길 만한 것은 효도, 우애, 청백이며 가슴속에 간직한 것은 충과 효라며, 전형적인 사대부의 삶을 추구했다. 39세에 문과에 급제하여 조라포만호가 되었으며, 45세 때는 통주사로 부임하여 무인다운 기개와 자부심을 펼쳤다. 53세 때부터는 유가와 주자학에 몰입하였다. 그의 생애 전반기는 임진왜란에 종군한 무인의 삶으로, 후반기는 향리에서 유가서를 읽으며 안빈낙도하였다. 주요작품으로는 9편의 가사와 70여 수의 시조가 있다. 저서로 《노계선생문집》이 있다.

친구를 사귈 때는 믿음으로 사귀어야 합니다. 믿음으로 사귄 친구는 신뢰할 수 있지만, 믿음 없이 그냥 어울리면서 사귄 친구는 신뢰가 떨어집니다. 믿음 없는 친구와는 터놓고 얘기를 하는 것이 꺼려집니다.

믿음으로 친구를 사귀기 위해서는 어떻게 해야 할까요?

믿음으로 친구를 사귀기 위해서는 한 치의 거짓이 있어서는 안 됩니다. 거짓은 불신을 낳는 그릇된 마음입니다. 사람을 믿지 못하게 합니다. 어떤 일에 있어서도 정직해야 합니다. 자신에게 주어진 책임을 다해야 합니다. 책임감이 강한 친구에게 믿음이 가는 것은 그 친구에게 무슨 일을 맡기더라도 잘해낼 수 있다는 확신이 들기 때문입니다.

정직한 친구와 책임감이 강한 친구는 믿음을 줌으로써 신뢰하게 만듭니다. 그런데 분명히 할 것은 좋은 친구를 두기 위해서는 자신이 먼저 정직하고 책임감 있는 모습을 보여주어야 한다는 것입니다.

10대는 예민한 시기입니다. 이럴 때 좋은 친구가 있다는 것은 그 어느 것보다도 든든합니다. 마음이 잘 통하기 때문에 무슨 얘기든 털어놓을 수 있어 답답한 마음도 벗어버리고 스트레스로부터 자유로울 수 있습니다. 또한 어려운 일을 만나도 친구가 함께 함으로써 어려움을 이겨내고 좋은 결과를 얻을 수 있게 됩니다.

* 친구는 믿음으로 사귀어야 뿌리 깊은 나무처럼 튼튼한 우정을 간직할 수 있다.

우정이란 성장이 더딘 식물이다.
그렇기 때문에
우정이란 이름을 들을 수 있게 되기까지에는
몇 번이나 곤란과 타격을 받아야만 한다.

▪ 조지 워싱턴

• **조지 워싱턴**George Washington (1732~1799) 미국의 초대 대통령으로 건국의 아버지로 불린다. 미국 버지니아 웨스트모어랜드에서 출생해 17세 때에 측량 기사로, 20세 때에 버지니아군 부관참모로, 27세 때에 버지니아 주 하원의원으로, 1774년에는 미국 독립군 사령관으로, 1787년에는 제헌의회 의장을 지냈다. 1789년에는 미국 초대 대통령에 선출되었으며 연임 후 정계에서 은퇴하였다. 그는 종신대통령을 원하는 미국국민들의 바람을 물리고 떠날 줄 아는 참다운 대통령의 표상이다.
워싱턴은 어린 시절부터 정직함의 대명사로 불릴 만큼 매사에 정직하였다. 또한 아랫사람이든 그 누구든 간에 인격적으로 대하는 따뜻한 인간미로 미국국민들로부터 존경을 한몸에 받았으며 지금도 존경받고 있다.

친구를 사귀다 보면 마음이 잘 통하는 친구, 취미가 비슷한 친구, 습관이 비슷한 친구가 있습니다. 이런 친구들과는 비교적 쉽게 가까워집니다. 그러나 마음이 잘 맞지 않거나, 취미가 다르거나, 습관이 다른 친구와는 쉽게 가까워지지 못합니다.

하지만 이런 친구들 중에도 시간이 지나면서 가까워지는 친구가 있습니다. 시간이 지나는 동안 서로의 좋은 점을 알게 됨으로써 그 친구와 가까워지고 싶은 마음이 생기기 때문입니다.

미국의 초대 대통령인 조지 워싱턴은 이런 점을 간파하고 '우정은 성장이 더딘 식물이다'라고 표현했습니다. 그렇습니다. 쉽게 가까워지는 친구도 있지만 오랜 시간이 지난 후에 가까워지기도 합니다.

속단해서 저 친구는 나하고 안 맞는 친구라고 생각하지 말고 찬찬히 살펴보고 괜찮은 친구다 싶으면 그때 사귀어도 충분합니다. 이렇게 사귄 친구와는 더욱 각별하게 지내는 경우가 많습니다. 왜냐하면 오래 시간 동안 서로를 충분히 아는 관계에서 우정이 깊어졌기 때문입니다.

우정이 깊은 친구는 '인생의 보석'입니다. 인생의 보석인 친구를 자신 곁에 둔다는 것은 큰 축복입니다.

＊ 깊은 우정을 가진 친구는 억만금보다도 귀하다.

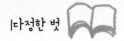

다정한 벗이란
먼데 있는 것이 아니고 가까운 데 있다.
왜냐하면
사귀지 못할 친구는
늘 멀리 떨어져 있기 때문이다.

▪ 래프 N. 톨스토이

▪ **래프 N. 톨스토이**Lev Nikolaevich Tolstoy (1828~1910) 러시아작가, 사상가, 문명비평가. 부유한 명문 백작가의 4남으로 태어났다. 그러나 불행하게도 그의 나이 2살 때 어머니를 잃고, 아버지마저 여읜 채 친척에 의해 양육되는 불행한 어린 시절을 보냈다. 이러한 환경은 그가 가난하고 소외된 사람들을 위해 헌신하는 삶을 사는데 동기부여가 되었다. 그는 '톨스토이 주의'의 창시자로서 실천자로서 착취에 기초를 둔 일체의 국가적, 교회적, 사회적, 경제적 질서를 비판하는 동시에 그 부정을 폭로하고 악에 대항하기 위한 폭력을 부정, 기독교적 인간애와 자기완성을 주창하였다. 톨스토이는 불세출의 작가며 철저한 자기완성을 위한 종교인이었으며 사상가이다. 주요작품으로 《전쟁과 평화》, 《부활》, 《안나 카레니나》, 《토스토이 인생론》 등 다수가 있다.

행복학개론, 사랑과 우정

다정한 친구는 늘 곁에 있는 친구입니다. 언제나 함께 하는 관계로 습관이 무엇인지, 무엇을 좋아하고 싫어하는지, 잘 먹는 음식은 무엇이며 잘 안 먹는 음식은 무엇인지, 무슨 색깔을 좋아하고, 무슨 옷을 좋아하는지를 소상하게 알고 있지요.

가까이에 있는 친구, 늘 만나고 언제나 함께 하는 친구와 너무 친하다고 해서 함부로 말하거나 행동을 하다 보면 마음에 상처를 줄 수 있습니다. 그렇게 되면 다정한 친구가 아니라 서먹서먹한 친구가 될 수 있습니다.

다정한 벗은 먼 데 있는 것이 아니고 가까운 데 있다는 러시아의 국민작가인 톨스토이의 말은 매우 설득력이 높은 말입니다.

자신을 한 번 곰곰이 생각해보세요. 나에겐 다정한 친구들이 얼마나 되는지 말이죠. 그래서 다정한 친구가 별로 없다면 자신이 먼저 다정한 친구가 되도록 노력해 보세요. 노력하는 모습은 친구들에게 좋은 인상을 주게 되어 친구가 되기 위해 먼저 다가옵니다. 그리고 다정한 친구와 오래도록 우정을 나누기 위해서는 친구 간에도 예의를 지켜야 함을 잊지 마세요.

＊ 다정한 친구는 달콤한 꿀과 같다.

속으로는 생각해도
입 밖에 내지 말며
서로 사귐에는
친해도 분수를 넘지 마라.
그러나 일단 마음에 든 친구는
쇠사슬을 묶어서라도
절대 놓치지 마라.

• 윌리엄 셰익스피어

• **윌리엄 셰익스피어**William Shakespeare (1564~1616) 영국의 시인, 극작가. 어린 시절 라틴어를 중심
으로 하는 기본적인 교육을 받음으로써 문학적인 재능을 일깨우는데 계기가 되었다. 그는 집이 어
려워짐에 따라 학업을 중단하고 런던으로 가 '로드 챔벌린 캄퍼니' 극단에 들어가 배우가 되었으며
극작가의 길로 나섰다. 그는 궁내부장관극단의 간부가 되었으며, 극단의 전속 극작가가 되었다. 또
한 조연 배우로 활동하기도 했다. 그리고 이때 두 편의 장시 〈비너스와 아도니스〉, 〈루크리스〉를 발
표하여 시인으로서의 재능을 떨쳤다. 그는 평생을 연극인으로 살았으며 영국인들로부터 깊은 존
경을 받았다.
주요작품으로는 그 유명한 《로미오와 줄리엣》, 《햄릿》 외 다수가 있다.

세계문학사에서 최고의 극작가로 평가받는 영국의 셰익스피어는 친구를 사귐에 있어 분수를 넘지 말라고 했습니다. 분수를 넘는다는 것은 예의에 벗어난다든가, 자신을 과시하고 우쭐거리거나, 친구를 얕잡아보거나 무시하는 행위를 말합니다.

이런 친구를 좋아해 줄 사람은 어디에도 없습니다. 자신에게 하등에 도움이 되지 않는다고 생각하기 때문인데요. 그래서 친구를 사귐에 있어서는 정도를 지키고, 배려하고, 양보하는 아량을 베풀어야 합니다. 또한 말과 행동을 따뜻하고 부드럽게 하는 게 좋습니다.

그런 친구라면 누구나 사귀고 싶어 합니다. 자신에게 좋은 친구가 될 것이라고 믿습니다. 주변에 이런 친구가 있다면 절대 놓치지 마세요. 마음에 드는 친구라면 쇠사슬에 묶어서라도 놓치지 말라고 한 셰익스피어의 말은 재치 넘치면서 맞는 말입니다.

왕따 문제로 고민하는 10대들이 많습니다. 심각한 문제입니다. 당사자에게는 깊은 상처가 되기 때문입니다.

친구 간에는 도와주고 힘이 되어 주어야 합니다. 그래야 어려운 일도, 고민도 극복하며 좋은 관계를 유지함으로써 행복한 삶을 살아가게 됩니다.

＊ 친한 친구일수록 예의를 지켜야 한다. 그렇지 않으면 우정에 금이 갈 수 있다.

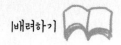

벗이 네게 화를 내더라도
너에 대해서 친절을 베풀 기회를 주어라.
그러면 그의 마음은 풀릴 것이며
다시 너를 사랑하게 될 것이다.

• 장 폴 사르트르

• 장 폴 사르트르 Jean Paul Sartre (1905~1980) 프랑스 실존주의 철학자. 소설가. 극작가. 평론가. 국립
고등사범학교인 에콜 노르말 쉬페리에르를 졸업하고 교사생활을 하다 프랑스 문화원의 장학생으
로 베를린으로 유학하여 현상학을 연구하였다. 그 후 교직 생활을 하며 단편 〈벽〉을 썼으며 《구토》
를 출판함으로써 문학계에 널리 알려졌다. 1943년 《존재와 무》를 출판하여 철학자로서의 지위를
굳혔다. 잡지 〈현대〉를 창간하고 실존주의에 대해 논하며 소설, 평론, 희곡 등을 활발히 집필하였
다. 1964년 노벨문학상 수상자로 결정되었으나 수상을 거부하였다. 시몬 드 보부아르와의 계약결
혼으로 파격적인 행보를 보이며 세간의 이목을 집중시킨 것으로 유명하다. 주요작품으로는 《구토
La Nausee》, 《파리 Lee Mouches》 등 다수가 있다.

행복학개론, 사랑과 우정

친구들과 지내다 보면 다투기도 하고, 서로 의견이 맞지 않아 서먹서먹해지는 경우가 종종 있습니다. 그렇다고 해서 그럴 때마다 친구와 절교한다면 자신의 주변에는 변변한 친구 하나 남지 않을 것입니다.

다툴 땐 다투더라도 마음에 앙금이 남지 않도록 합시다. 앙금이 해소되지 않으면 예전 좋은 친구사이로 돌아갈 수 없습니다. 다툰 후에는 잘 풀어 좋은 관계를 계속 유지할 수 있도록 합니다.

프랑스의 소설가이자 사상가인 사르트르는 친구가 화를 내더라도 친절을 베풀 수 있는 기회를 주라고 한 것은 바로 이런 이유에서입니다.

자신에게 화를 내고 마음에 상처를 준 친구를 용서한다는 것은 쉽지 않습니다. 그러나 놓치고 싶지 않은 친구라면 그가 자신의 잘못을 반성할 수 있는 기회를 주어야 합니다. 그리고 자신의 지나침을 사과하며 다가올 때까지 기다려주고 손을 내밀며 다가올 땐 따뜻하게 맞아주어야 합니다. 그랬을 때 더 각별한 친구가 될 수 있습니다.

친구를 배려한다는 것은 참 중요한 일입니다. 배려는 너그러운 마음에서 오는 아름다운 행위이고 친구를 감동시키는 우정으로 발전합니다.

＊ 친구를 이해하는 속 깊은 마음이 서로의 우정을 더욱 단단하게 한다.

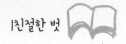

|친절한 벗

친절한 벗의 선물은
아무리 사소한 것일지라도
가치 있는 것으로 여겨야 한다.
친절한 마음씨만으로도
이내 하나의 선물이 되기 때문이다.

▪ 테오크리토스

....

▪ **테오크리토스**Theocritus (BC 310~BC 250) 고대 그리스 시인. 전원시 창시자이다. 목가는 테오크리토스의 작품들 가운데 그의 특징을 가장 잘 나타내고 있으며 가장 많은 영향을 미쳤다.
 그의 목가는 베르길리우스의 전원시뿐만 아니라 르네상스 시대의 시와 희곡이 바탕이 되었으며, 영국의 유명한 비가인 밀턴의 〈리시더스〉, 셸리의 〈아도네이스〉 및 매슈 아널드의 〈타르시스〉의 원조가 되었다. 주요작품으로는 짝사랑으로 괴로워하다 죽은 양치기 시인인 다프니스를 애도하는 시 〈티르시스〉와 코스 섬의 축제를 묘사한 〈탈리시아〉 외 다수가 있다.

행복학개론, 사랑과 우정

'친절'은 사람 사이를 부드럽고 따뜻한 관계로 만들어 줍니다. 그래서 친절한 사람을 보면 기분이 좋고, 좋은 사람일 거라는 생각이 들지요.

친절한 행동은 베푸는 사람뿐만 아니라 주변에 있는 모든 사람들을 행복하게 만듭니다. 친절은 아무리 베풀어도 부족함이 없습니다. 많으면 많을수록 좋은 것이 친절입니다.

하버드대학 긍정심리학교수이자 《하버드대 52주 행복연습》의 저자인 탈벤 샤하르Tal Ben Shahar는 말하기를 '친절을 베푸는 과정에서 얻은 행복은 마르지 않는 샘물과 같다. 몇몇 사람만이 행복을 맛보지 않는다. 한 사람이 행복을 얻는다고 해서 다른 사람이 행복을 잃지 않는다.'라고 했습니다.

이 말은 많이 베풀수록 좋은 것이 친절이라는 뜻입니다. 친절은 모두를 행복하게 하는 아름다운 행위입니다.

한창 마음이 자라나는 10대들이 '친절'한 마음을 습관화 시킨다면, 누구에게나 친절을 베푸는 좋은 사람으로 인정받게 됨으로써 보람되고 만족한 행복을 누릴 수 있게 될 것입니다.

친절하십시오. 친절한 만큼 기쁨이 되어 돌아올 것입니다.

* 친절은 사람과 사람 사이를 따뜻하게 이어주는 행복의 징검다리이다.

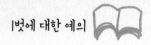

친구라고 해서
불쾌한 말을 해도 된다고
생각해서는 안 된다.
누군가와 가까운 관계가 될수록,
현명하고 예의 바르게 행동해야한다.

- 올리버 웬델 홈스

- 올리버 웬델 홈스Oliver Wendell Holmes (1809~1894) 미국의 의학자, 시인, 에세이스트, 평론가이다. 뉴잉글랜드 명문가 출신으로 다방면에서 활발하게 활동하면서도 뛰어난 명성을 얻었다. 그로 인해 문단에서는 중심적인 인물로 높이 평가하고 있다.

그의 작품은 '남자는 마음 먹은 것을 주장하고, 여자는 마음먹은 것을 행한다' 라는 등의 아포리즘으로 가득하다. 이는 그가 사상가 적이며 철학적인 마인드를 지녔기 때문이다.

주요작품집으로 《아침 밥상의 독재자》, 《아침 밥상의 교수》, 《아침 밥상의 시인》이 있다.

친구 사이에도 예의가 필요하다는 말은 너무도 상식적인 말입니다. 10대들을 보면 말을 함부로 하고, 행동도 거칠게 하는 것을 종종 보게 됩니다. 그런 모습을 보면 매우 염려스럽습니다. 그런 말과 행동이 친구들에게 상처를 준다는 것을 잘 아는 까닭입니다.

언젠가 친구들끼리 싸우는 것을 본 적이 있습니다. 말을 들어보니 한 친구가 다른 친구의 머리를 툭툭 치며 도토리머리라고 말했다고 한다. 처음엔 가벼운 장난으로 받아주었지만 계속해서 반복적으로 하니까 나중엔 화가 폭발했다고 합니다. 지나친 장난은 화를 부르는 법입니다.

친한 친구사이일수록 더욱 예의를 갖추어야 합니다. 친하다는 이유로 자신도 모르게 말하고 행동할 수 있기 때문입니다.

'친구라고 해서 불쾌한 말을 해도 된다고 생각해서는 안 된다. 누군가와 가까운 관계가 될수록, 현명하고 예의 바르게 행동해야한다.'는 올리버 웬델 홈스의 말을 깊이 새겨주세요. 남 앞에서 책망하는 것은 친구를 망신 주는 거와 같습니다. 그러니 둘만 있을 때 조심스럽게 이야기하세요.

칭찬을 할 땐 남 앞에서 해보세요. 칭찬은 얼마든지 사람들 앞에서 해도 무리가 따르지 않습니다.

친구에 대한 예의는 서로를 신뢰하게 하는 참 좋은 마인드입니다.

* 친구에 대한 예의는 둘 사이를 더욱 단단하게 맺어주고, 불손한 말과 행동은 둘 사이를 척지게 한다.

참 벗을 알아보는 법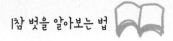

어떤 벗이 참 벗인지 아닌지를 알아보려면
진지한 원조와 막대한 희생을
필요로 하는 경우가 제일 좋지만
그다음으로는
방금 닥친 불행을 벗에게 알리는 것이다.

• 쇼펜하우어

• 쇼펜하우어Arthur Schopenhauer (1788~1860) 독일 철학자. 어린 시절 가정교사로부터 교육을 받았다. 1809년 괴팅겐대학 의학부에서 입학 허가를 받고 자연과학강의를 듣다 인문학부로 옮겨 플라톤과 칸트를 공부하였다. 1813년 예나대학에서 철학 박사학위를 받았다. 베를린대학에서 교수로 지내다 집필에 몰두하였다. 은둔을 통해 금욕주의적인 생활을 하고, 유행이 뒤떨어진 옷을 입는 등 칸트의 삶을 모범으로 삼아 지내면서 《자연 속의 의지에 관하여》라는 책을 출간하였다. 쇼펜하우어의 사상은 이성이 아니라 직관력과 창조력, 비합리적인 것으로 니체, 야코프 부르크하르트를 비롯해 바그너, 게르하르트, 토마스만 등 많은 이들에게 영향을 끼쳤다. 주요저서로 《의지와 표상으로서의 세계》, 《윤리학》 외 다수가 있다.

참 좋은 벗이란 내가 어려울 때 자신의 일처럼 생각해 주는 벗입니다. 친구를 위해서라면 자신이 아끼는 것도 아까워하지도 않고, 그 어떤 일도 마다치 않는 친구라면 최상의 친구라고 해도 좋을 것입니다.

그런데 말로는 좋은 친구라고 하면서 막상 친구가 어려움에 처하면 태도를 달리하는 사람들이 많습니다. 혹시라도 자신에게 손해가 미치지 않을까 하는 생각에서입니다. 이런 친구는 아무리 많아도 별로 도움이 되지 않습니다.

상황이 좋을 때는 좋은 친구처럼 대하다, 상황이 나쁠 때는 다른 모습을 보이는 것은 이중인격자들이나 하는 행동입니다. 푸른 소나무처럼 언제나 변함이 없는 친구, 이런 친구가 진정으로 참 좋은 친구라고 할 수 있습니다.

독일의 철학자 쇼펜하우어가 말한 참 좋은 친구의 정의는 진정한 친구가 어떤 것인지를 명확하게 밝히고 있습니다.

좋은 친구를 곁에 두고 싶다면 자신의 소중한 것은 물론 친구의 어려움을 발 벗고 나서서 도와주어야 합니다. 또한 친구가 불행한 일을 겪게 되었을 때 자신의 일처럼 나서서 도와주어야 합니다. 이런 친구를 좋아하지 않을 사람은 어디에도 없습니다.

참 좋은 친구를 둔 사람이야말로 진정으로 행복한 사람입니다.

* 참 좋은 친구는 대지를 환히 비추는 태양과 같아 기쁠 때나 슬플 때, 힘들 때나 속상할 때 마음을 밝게 해준다.

*
선행은 자신의 존재가치를
환기 시키는 일이다.
즉,
내가 이 땅에 있는 존재로서의 가치를
스스로 확인하는 행위인 것이다.
또한 나아가 선행은 덕을 쌓는 일이다.
덕이란 곧
한 인간에 대한 내밀한 가치적 평가이다.

*
행복한 인생은 눈높이를 낮춰
자신을 행복의 숲으로 이끌고 가는 사람이다.
그러나 자신을 불행하다고 여기는 인생은
끝없는 욕망에 갇혀 사는 사람이다.
자신이 진정 행복한 인생이 되고 싶다면
부정적인 삶의 그늘에서 빠져나와
행복의 만족도를 조금만 낮추어라.

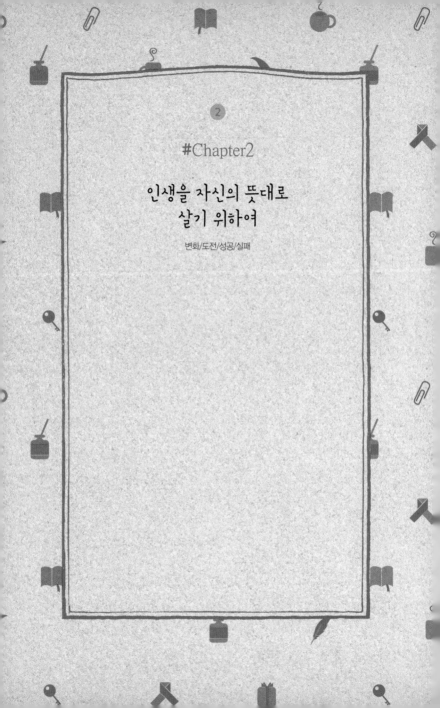

②

#Chapter2

인생을 자신의 뜻대로 살기 위하여

변화/도전/성공/실패

시도하지 않으면 아무것도 할 수 없다.
변화란 새로운 시도를 통해서만 가능하다.

진정 무엇인가를 발견하는 여행은
새로운 풍경을 바라보는 것이 아니라
새로운 눈을 가지는 데 있다.

• 마르셀 프루스트

• 마르셀 프루스트Marcel Proust (1871~1922) 프랑스 소설가. 고등학교 시절부터 문학에 흥미를 가져 학교에서 작문과 논문상을 받으며 재능을 발휘하였다. 파리 대학 법학부를 졸업하고 법학사가 되었다. 이때부터 본격적으로 문학에 열중하여 《즐거움과 나날》을 첫 출간 하였다. 그 후 평론을 신문과 잡지에 발표하였다. 부모를 여의고 《생트뵈브에 반대한다》를 쓰기 시작했는데 이것이 《잃어버린 시간을 찾아서》 집필로 까지 이어졌다. 이 책은 총 7권으로 구성되었는데 14년에 걸쳐 출판되었다. 1919년 콩쿠르상을 받으며 유명해짐은 물론 20세기 최대의 작가의 한사람으로 평가받는다. 주요작품으로 《잃어버린 시간을 찾아서》, 《잃어버린 시절을 찾아서》 외 다수가 있다.

인생을 자신의 뜻대로 살기 위하여

지금보다 나은 나로 살아가기 위해서는 새로운 생각을 가져야 합니다. 하지만 새로운 생각은 저절로 오지 않습니다. 그만한 계기가 있어야 합니다.

　새로운 생각을 갖기 위해서는 어떻게 해야 할까요.

　먼저 새롭고 풍부한 지식을 기르기 위해 책을 읽어 보세요. 현대는 시시각각 변하는 초스피드시대입니다. 새로운 정보는 인터넷에 올라올 수 있지만 깊은 내용은 책이 가장 빠릅니다. 새로운 생각이나 정보를 책으로 오래도록 남기고 싶어 하는 인간의 욕구 때문입니다. 인류 사고의 변환에는 항상 그 시대의 위대한 책이 있었습니다. 그 추세는 인터넷 시대인 지금도 변하지 않았습니다. 따라서 시대에 뒤처지지 않고 앞서가기 위해서 독서는 필수입니다. 다음으로 언제나 유연한 사고를 가져야합니다. 유연한 사고는 고정관념에 얽매이지 않으므로 언제나 새로운 것을 받아들이고 새로운 아이디어로 도전정신을 갖게 하는 참 좋은 마인드입니다. '정해진 것은 없다'는 생각만 갖고 있다면 '왜'라는 의문을 가지고 새로운 방식을 고민하고 자기만의 개성을 가질 수 있습니다. 지금까지 말한 두 가지를 잘 지킨다면 창의적이고 생산적인 사고를 기를 수 있습니다. 같은 것을 보더라도 새롭게 보는 눈을 가지게 되며, 새로운 눈을 가지면 새로운 생각을 하게 되고 자신만의 경쟁력을 키우는 데 큰 도움이 됩니다. 그리고 나아가 자신이 원하는 삶을 실행함으로써 만족한 행복을 느끼게 될 것입니다.

＊ 새로운 생각은 같은 것도 새롭게 바라보는 시각에서 온다.

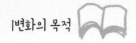
변화하지 않으면 성장할 수 없다.
성장하지 않으면
진정으로 사는 것이 아니다.

• 게일 쉬이

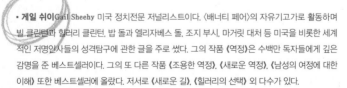

• **게일 쉬이**Gail Sheehy 미국 정치전문 저널리스트이다. 〈배너티 페어〉의 자유기고가로 활동하며
빌 클린턴과 힐러리 클린턴, 밥 돌과 엘리자베스 돌, 조지 부시, 마거릿 대처 등 미국을 비롯한 세계
적인 저명인사들의 성격탐구에 관한 글을 주로 썼다. 그의 작품 《역정》은 수백만 독자들에게 깊은
감명을 준 베스트셀러이다. 그의 또 다른 작품 《조용한 역정》, 《새로운 역정》, 《남성의 여정에 대한
이해》 또한 베스트셀러에 올랐다. 저서로 《새로운 길》, 《힐러리의 선택》 외 다수가 있다.

모든 것은 변화함으로써 새로워지고 더 나은 세계로 나아갑니다. 이 땅에 인류가 존재한 이래 수를 셀 수 없는 변화가 있었으며 변화를 겪을 때마다 새로운 역사가 탄생하였습니다.

역사가 그랬듯이 문학이든, 과학이든, 예술이든, 철학이든 수많은 변화를 통해 오늘날에 이르렀습니다. 변화하지 않으면 성장하고 발전할 수 없습니다. 변화는 새로워지기 위해서는 반드시 통과해야 할 과정이자 주체입니다.

10대들이 마음에 새겨야 할 것 중 하나가 변화에 대해 유연한 자세를 갖는 것입니다. 변화에 대한 유연한 자세는 생산적이고 창의적인 마인드를 길러줍니다. 이런 마인드를 갖게 되면 자신감이 상승해서 어떤 일이든 적극성을 보이게 됩니다.

이따금 자신감 없는 10대들을 볼 때가 있습니다. 그들의 처진 어깨를 볼 때마다 측은한 생각이 들어 처진 어깨를 반듯하게 세워주고 싶어집니다. 처진 어깨로는 그 어떤 변화에도 적응하지 못하고 뒤처질 수 있기 때문입니다.

10대는 인생이란 긴 세월에서 잠깐입니다. 이 시기를 참아내지 못한다면 자신이 하고 싶은 것을 하기 힘들어집니다.

꿈과 희망이 넘치는 10대가 되십시오. 그러기 위해서는 반드시 자신을 변화시키는 일에 최선을 다해야합니다.

---

* 지금보다 너 나은 내가 되기 위해서는 변화를 리드하고, 변화의 주체가 되어 자신의 인생을 끌어올려야한다.

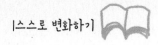

스스로 변해야 한다.
절대 남이
바꿔주지 않는다.

• 이건희

....

• **이건희**李健熙 (1942~) 삼성전자 회장. IOC 위원. 1966년 동양방송 이사로 입사한 후 1978년 삼성
물산 부회장, 1979년 삼성그룹 부회장, 1987년 삼성그룹 회장이 되었다. 2008년 삼성비자금 사건으
로 삼성전자 대표이사 회장직에서 퇴진하였다가 2010년 삼성전자 회장으로 경영에 복귀하였다.
 삼성그룹이 세계적인 기업이 될 수 있었던 것은 이건희 회장이 1993년 6월 7일 신경영을 선언한
후 그가 시도한 인재육성과 비전 정책, 탁월한 경영능력과 리더십에 있다. 그는 세계적인 기업인으
로 평가받고 있다. 국민훈장 무궁화장 수훈(2000). 프랑스 레지옹 도뇌르 코망되르 훈장(2004) 외 다
수. 저서로 《생각 좀 하며 세상을 보자》가 있다.

사람들은 대개 자신의 문제점을 잘 알고 있습니다. 그래서 어떤 사람은 자신의 문제점을 고치기 위해 새로운 변화를 시도합니다. 그리고 새로워짐으로써 새로운 자신으로 거듭납니다. 하지만 어떤 사람은 변해야 하는 걸 알면서도 자신을 새롭게 하는 일에 등한시합니다. 그 이유는 미루는 습관 때문입니다. 이런 경우 지금 안 하면 내일 하면 되고, 내일 못하면 그 다음 날 하면 된다는 생각에 빠져있기 때문입니다. 그것은 게으름 때문입니다. 게으름은 아주 심각한 골칫덩어리입니다. 또 다른 이유로는 새로운 변화를 두려워하기 때문입니다. 이런 경우는 참 심각한데 변화의 두려움에 갇히다 보면 그 어떤 것도 할 수 없게 되기 때문입니다.

  이건희 회장은 남이 자신을 바꿔주기를 기다리지 말고 스스로 변해야 한다고 했습니다. 옳은 말입니다. 남이 바꿔주는 데는 한계가 있습니다. 그리고 그것은 타율적인 것이라서 곧 시들해질 수 있습니다.

  스스로 변하는 사람은 자율적인 마인드를 갖고 있어 마음만 먹으면 언제든지 새롭게 변할 수 있는 사람입니다.

  10대는 꿈의 골조를 세우는 시기입니다. 자신이 게으르다고 생각하면 게으름을 버리고, 미루는 습관이 있다면 지금 하는 습관으로 고치고, 변화에 대한 두려움이 있다면 두려움을 버려야합니다. 그래야 자신의 꿈을 이루는데 큰 밑거름들이 차곡차곡 쌓여 능력을 키울 수 있게 됩니다.

* 변화를 두려워하면 퇴보하지만, 변화를 받아들이면 받아들인 만큼 성장한다.

삶의 바다에서 유능한 선장 되기

좋은 선장은 육지에 앉아서 될 수 없다.
바다에 나가
거친 폭풍을 만난 경험이
유능한 선장을 만든다.
격전의 들판에 나서야
비로소 전쟁의 힘을 이해할 수 있다.
사람의 참된 용기는
인생의 가장 곤란한 또는 가장 위험한 위치에 섰을 때
비로소 나타난다.

• 대니얼

• **대니얼**Gabriel Daniell (1649~1728) 프랑스 역사가. 대니얼은 1667년 예수회에 가입했으며, 그 뒤 파리에 있는 예수회도서관의 사서가 되었다. 그는 루이 16세에 의해 프랑스 사료편찬관으로 임명되었다. 그는 사료편찬관으로 근무하며 《군주제 확립 이후의 프랑스 역사》라는 프랑스 역사에 대한 선구적인 책을 썼으며, 2권짜리인 《프랑스 국민군의 역사》를 썼다. 또한 그는 파스칼의 사상을 반박하는 《시골 편지에 대한 클레앙드르와 외독스의 대화》를 썼다. 그리고 데카르트의 사상을 반박하는 《데카르트 철학세계로의 여행》을 썼다.

인생을 자신의 뜻대로 살기 위하여

인생에서 어려운 일을 만나게 될 때 사람들은 크게 두 가지 반응을 보입니다.

"대체 왜 나한테 이런 일이 생긴 거야. 내가 뭘 잘 못 했다고."

"그래, 어차피 겪어야 할 일이라면 받아들여야지."

사람들은 대개 첫 번째 반응을 보입니다. 자신에게 닥친 어려움이 억울하다는 것입니다. 하지만 인생은 잘못 없이도 어려움을 겪습니다. 그것은 자신에게 주어진 하나의 삶의 과정입니다. 그렇게 생각한다면 크게 낙담할 필요는 없습니다. 어려움을 극복하기 위해 노력하면 충분히 극복할 수 있으니까요.

선뜻 두 번째 반응을 보이는 경우는 많지 않습니다. 이는 어느 정도 삶을 통찰한 사람이거나 낙관적 마인드를 가진 사람이 보이는 반응이기 때문입니다.

분명한 것은 그 어떤 어려움이 힘들게 해도 절대 좌절하지 마십시오. 베테랑 선장이 유능할 수 있는 건 수많은 역경을 겪으면서 이겨내고 때론 좌절하면서 바다에서 살아남는 방법을 터득했기 때문입니다. 이런 소중한 경험은 그 어떤 시련에도 굴하지 않고 뚫고 나가는 힘이 됩니다.

특히, 인생에서 10대는 수많은 시련들을 겪으면서 경험을 쌓는 시기입니다. 이 시기를 잘 견뎌내면 훗날 자신의 꿈을 이루는 데 어려움이 닥쳐도 능히 극복할 수 있는 지혜를 기르게 됩니다. 그 어떤 어려움도 두려워하지 말고 맞서 나가세요. 하늘은 자신이 극복할 수 있을 정도의 시련만 주니까요.

＊ 고난은 사람을 강하게 만드는 인생의 소금이다.

모든 것의 시작은 위험하다.
그러나 무엇을 막론하고,
시작하지 않으면
아무것도 시작되지 않는다.

• 프리드리히 니체

• **프리드리히 니체**Friedrich Wilhelm Nietzsche (1844~1900) 19세기 독일의 철학자, 시인. 니체는 개
신교 목사의 아들로 태어났다. 종교와 도덕, 문화, 철학, 과학에 대한 비평을 썼으며, 경구(aphorism)
에 대한 자신만의 생각을 잘 표현했다. 약관의 24세에 스위스 바젤 대학에서 교수로 고전철학을 가
르치며 꾸준히 강연활동을 벌였다. 1872년 첫 작품 《비극의 탄생》을 발표하였다. 그 후 대학을 그만
두고 십여 년 동안 긴 방랑생활을 하면서도 꾸준히 집필활동을 하였다. 키르케고르와 더불어 실존
주의의 선구자적인 역할을 했으며, 자유주의, 힘의 논리 등의 마키아벨리즘, 권위주의, 반대주의 등
에 대해 강력히 비판한 것으로 유명하다. 대표적인 작품으로 《차라투스트라는 이렇게 말했다》, 《인
간적인 너무나 인간적인》 외 다수가 있다.

독일의 철학자 니체는 모든 시작은 위험하다고 말했습니다. 여기서 위험하다는 것은 어렵다는 의미입니다. 모든 시작이 어려운 것은 당연합니다. 처음 시도하는 것은 그것이 무엇이든 경험해보지 않아서 생소하기 때문에 어려워 보인다는 것입니다.

그러나 10대들이 분명히 알아야 할 것은 시작하지 않으면 그 어떤 것도 할 수 없다는 사실입니다. 아무리 어려운 일도 일단 시작을 하면 얼마든지 해 나갈 수 있습니다. 인간은 무한한 능력을 지닌 존재이기 때문입니다. 용기를 갖고 끝까지 해내고자 하는 강인한 의지만 있으면 충분히 해낼 수 있습니다. 다만 용기를 내지 못해서 못하는 것일 뿐입니다.

'시작이 반이다.' 라는 속담이 있습니다. 일단 시작하는 것이 어렵지 시작만 하면 얼마든지 할 수 있다는 뜻입니다.

10대는 무한한 꿈을 키워나가는 시기입니다. 이 시기에 자신감과 용기를 기르는 것은 매우 중요한 일입니다. 자신감을 잃으면 충분히 해낼 수 있는 능력이 있음에도 시도조차 하지 못하게 됩니다. 이처럼 나약한 마인드로는 자신이 원하는 꿈을 절대 이룰 수 없습니다.

누구에게나 모든 것의 시작은 어렵지만 용기와 자신감만 있다면 그 어떤 일도 과감하게 시작할 수 있음을 명심하십시오.

* 처음은 다 어렵게 생각된다. 그러나 처음을 시작하지 않으면 그 어떤 것도 할 수 없다.

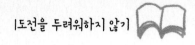

도전은 힘들 뿐 두려운 일이 아니다.

▪ 안철수

▪ **안철수**安哲秀(1962~) 전 안철수 연구소 CEO. 교수 역임. 정치인. 서울대학교 의과대학에서 공부를 마치고 의사와 의대 교수가 되었으며 단국대학교 의과대학 최연소 학과장이 되었다. 그는 거기에 만족하지 않고 컴퓨터바이러스 백신 프로그램을 만드는 '안철수연구소'를 설립하고 CEO가 되었다. 또 미국유학을 다녀와서는 한국과학기술원 석좌교수가 되었다. 그 후 한 번 더 미국유학을 갔다. 펜실베이니아대학교 와튼 스쿨에서 경영학 석사학위를 받고 귀국하여 서울대학교 융합과학기술대학원 원장을 역임하고 새정치민주연합 공동대표로 있다. 그는 젊은이들이 가장 닮고 싶은 인물 1위에 오르기도 했다. 저서로 《안철수의 생각》, 《안철수 경영의 원칙》 외 다수가 있다.

우리나라 어린이와 청소년과 젊은이들이 가장 좋아하는 롤 모델 안철수. 그가 가장 존경하고 좋아하는 롤 모델로 찬사를 받는 이유는 무엇일까요.

안철수는 늘 새로운 생각으로 도전해나갔고, 언제나 성공적인 결과를 이루어냈습니다. 그는 서울대학교 의과대학에서 공부를 마치고 의사가 되었고, 의대 교수가 되었습니다. 그리고 단국대 의과대학 최연소 학과장이 되었습니다. 하지만 그는 거기에 만족하지 않고 컴퓨터바이러스 백신 프로그램을 만드는 '안철수 연구소'의 CEO가 되었습니다. 또 미국유학을 다녀와서는 한국과학기술원 석좌교수가 됩니다.

그 후 안철수 박사는 한 번 더 미국유학을 갔습니다. 펜실베이니아대학교 와튼 스쿨에서 경영학 석사학위를 받고 귀국하여, 서울대학교 융합과학기술대학원 원장을 역임했습니다. 서울시장 보궐선거에서 박원순 후보에게 후보를 양보하자 강력한 차기 대통령 후보로 부상하여 국민들의 관심을 온통 집중시킨바 있습니다. 대통령 후보도 문재인 후보에게 양보하고 현재는 국회의원에 당선되어 정치인으로 새로운 도전을 하고 있습니다.

안철수 박사가 대한민국의 새로운 리더로, 희망의 아이콘으로 부각이 된 것은 그가 지금껏 보여주었던 도전정신에 힘입은바 큽니다. 그는 도전을 두려워하지 않았습니다. 언제나 도전을 즐겨왔습니다. 앞으로 어떤 정치인이 될지 궁금합니다. 여러분도 도전을 즐기는 10대가 되십시오.

---

* 도전은 도전을 즐기는 자에게 그가 원하는 꿈을 선물한다.

인생은 변화하고 성장은 선택사항이다.
현명하게 선택해야한다.

• 카렌 카이저 클라크

• **카렌 카이저 클라크(Karen Kaiser Clark)** 미국의 저술가이자 강연가이다. 새로운 내가 되기 위해서는 새로운 생각, 새로운 마음가짐을 가져야 한다며 역설하며 많은 이들에게 긍정의 메시지를 전하고 있다.

인생을 자신의 뜻대로 살기 위하여

사람은 누구나 자신의 인생을 행복하게 살 권리가 있습니다. 행복한 인생이 되기 위해 저마다 자신의 꿈을 이루기 위해 노력합니다. 중요한 것은 자신이 무슨 선택을 할 것인가를 결정해야 한다는 것입니다. 즉 자신이 이루고 싶은 것을 잘 선택해야합니다. 어떤 선택을 하느냐에 따라 결과는 달라지기 때문입니다.

선택할 때 마음에 새길 것은 남의 것이 좋아 보여 겉모습만 보고 선택을 하다 보면 실패할 확률이 높으니 겉모습을 보고 선택하는 것을 피하십시오. 무엇보다도 자신이 좋아하고 가장 잘할 수 있는 것을 선택하십시오. 자신이 좋아하는 일은 힘들어도 포기하지 않습니다. 지속적인 시간 투자는 성공할 확률이 높습니다. 더불어 긍지와 자부심을 가질 수 있는 일인지 고려하십시오. 이런 일은 삶의 가치를 한껏 끌어 올립니다. 가치 있는 일은 스스로를 만족하게 합니다.

10대들이 자신의 꿈을 선택할 때 위의 기준에 맞춰 선택한다면 생산적이고 창조적인 삶을 살아가게 됨으로써 행복하게 됩니다. 왜냐하면 선택이 좋으면 자신이 성장해나가는 데 큰 도움이 되기 때문입니다. 스티브 잡스, 빌 게이츠, 축구천재 메시, 김연아 등 자신의 꿈을 이룬 사람들은 하나같이 스스로 만족한 선택을 했습니다. 자기가 선택했으니 남한테 미룰 수 없고 자신이 책임져야 하니 열심히 하게 됩니다.

선택은 성공을 결정짓는 매우 중요한 성공요소임을 잊지 마십시오.

* 무엇을 선택하느냐에 따라 그 사람의 인생은 결정된다.

불가능은 없다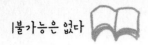

나는 불가능을 모른다.
나는 뛰어가서 기회를 잡았을 뿐이다.

• 월트 디즈니

• 월트 E. 디즈니Walter Elias Disney (1901~1966) 미국의 만화제작자. 만화가.
어린 시절 가난한 가정환경으로 학교에 다니지 못한 디즈니는 틈만 나면 석탄 조각으로 농장의 가축들을 즐겨 그렸다. 특히 생쥐를 주로 그렸다. 성장해서는 광고 대행사에서 일하면서 영화 간판부터 카다 로그를 위한. 그림들을 그리며 영화제작에 관한 기초적인 기술을 익혔다. 만화영화에 대해 관심을 갖기 시작했고, 그의 눈에는 단순한 만화가 움직이는 만화였다. 그가 만든 '미키마우스'와 '도널드 덕'을 비롯한 60여 개의 캐릭터는 엄청난 부가가치를 낳았다. 그는 돈을 벌기 위해 만화를 만드는 것이 아니라, 영화를 만들기 위해 돈을 번다고 말했다. 디즈니는 진정한 예술인의 자세를 지닌 장인이었다.

캐릭터 미키마우스로 유명한 월트 디즈니는 지독히 가난한 어린 시절을 보냈습니다. 그림 그리기를 좋아했지만 돈이 없어 숯으로 땅바닥에 그림을 그려야 했습니다. 월트 디즈니는 그림 그릴 때 행복했는데 특히 생쥐를 즐겨 그렸습니다. 학교에 다니지 못하는 설움도, 좋은 옷을 입고 맛있는 음식을 먹을 수 없는 아픔도 그림 그릴 땐 모두 잊을 수 있었습니다.

월트 디즈니는 광고 대행사에서 일하면서 영화 간판부터 카탈로그를 위한, 그림을 그리며 영화제작에 관한 기초적인 기술을 익히면서 만화영화에 관심을 가졌습니다.

1922년 월트 디즈니는 〈래프 오 그램Laugh-O-Gram〉이라는 정식회사를 설립하고, 단편 만화영화를 제작했습니다. 하지만 그의 피나는 노력에도 불구하고 흥행결과는 너무도 참담했습니다. 첫 만화영화 제작에 실패 한 월트 디즈니는 크게 실망했지만, 형 로이 디즈니Roy Oliver Disney와 '디즈니 브라더스'라는 애니메이션 스튜디오를 차리고, 검은색 토끼 캐릭터 '오스왈드'를 만들어 유니버셜을 통해 배급하여 성공을 거두게 됩니다. 그때 그 유명한 '미키마우스'가 만들어졌습니다. 그 후 월트 디즈니는 승승장구로 세계적으로 이름을 떨치며 영화사에 길이 남았습니다.

그의 성공비결은 모든 것을 가능하게 보고 포기하지 않는 긍정의 힘이었습니다. 긍정의 힘으로 꿈을 이루는 10대가 되십시오.

* 가능하다고 여기는 사람이 자신의 원하는 것을 이루어낸다.

인생의 고난을 돌파하는 비결

능숙한 선장은 폭풍을 만났을 때
폭풍에 반항하지 않고 절망도 하지 않는다.
늘 확고한 승산을 갖고 최후의 순간까지
최선을 다해 활로를 열려고 한다.
이것이 인생의 고난을 돌파하는 비결이다.

▪ 맥도날드

....

▪ **맥도날드**George McDonald (1824~1905) 스코틀랜드 소설가이자 시인. 인간이 하나님에게 돌아가는 순례를 다룬 그리스도 우화를 많이 썼으며 아이 어른 모두 좋아하는 동화들로 유명하다. 회중교회 목사가 되어 설교와 강연을 했다. 1855년 시적인 비극 《내부와 외부》를 발표하면서 본격적으로 문학을 시작하였다.

어른들을 위한 작품으로는 《백일몽》, 《릴리스》가 뛰어나고, 아이들을 위한 작품으로는 《북풍의 등에 업혀》가 가장 유명하지만, 《공주와 난장이》와 그 속편인 《공주와 커디 소년》도 걸작으로 꾸준히 사랑받고 있다.

인생의 고난을 돌파하는 최선의 비결은 고난을 고난으로 보지 않고 성공을 위한 기회로 보는 것입니다.

불후의 고전 《돈키호테》의 작가인 세르반테스는 평생을 고난 속에서 보냈습니다. 그는 가난한 아버지로 인해 배우지도 못하고, 자신이 하고 싶은 것을 아무것도 할 수 없었습니다. 어른이 된 그는 먹고살기 위해 전쟁에 참가했다가 왼팔에 부상을 입고 말았습니다. 고국으로 돌아오는 길에 해적에게 잡혀 5년 동안 노예생활을 해야 했습니다. 죽을 만큼 힘든 생활을 견딘 끝에 스페인으로 돌아올 수 있었습니다.

세르반테스는 세금 징수원으로 일하며 생활하였습니다. 그러나 수금한 세금을 아는 사람에게 떼이고 감옥에 갇히는 불운을 겪었습니다. 되는 것 하나 없었던 불행한 세르반테스는 감옥에서 소설을 쓰기 시작합니다. 56세에 쓰기 시작해 58세에 완성시킨 출세작 《돈키호테》는 고난과 시련 속에 쓰여진 소설입니다. 이 소설로 세르반테스에게는 긍지와 자부심을 찾을 수 있었습니다.

《돈키호테》는 근대 소설의 시작점으로 평가되며 세계에서 가장 영향력 있는 작품 중 하나로 문학사의 걸작으로 평가받으며 언제나 푸르게 빛나고 있습니다.

고난을 만났을 때 절망하지 않고 끝까지 밀고 나가는 10대가 되기 바랍니다.

＊ 고난을 이기면 행복을 선물 받지만, 고난에 지면 불행에 빠지고 만다.

어려움은 나뿐만 아니라 남에게도 있었고
그들은 그 어려운 장벽 앞에서도 굴하지 않고
힘차게 뚫고 나갔다는 것을 기억하라.

• 노만 V. 필

....

• **노만 빈센트 필**Norman Vincent Peale (1898~1993) 목사. 저술가. 자기계발동기부여가. 뉴욕 마블 협동교회에서 시무 52년을 포함하여 60년 동안을 목사로 사역하였다. 그는 시련과 고통 속에서 절망하는 많은 이들에게 성공적인 삶을 살아가도록 용기와 꿈을 주는 일에 평생을 바쳤다. 발행 부수 1,600만 부인 〈가이드 포스트〉를 발행하여 독자들로부터 많은 사랑을 받았다.

그의 대표작인 《적극적인 사고방식》은 현재 42개 언어로 번역되어 2,000만 부 이상이 팔린 초대형 베스트셀러이다. 그 외의 저서로는 《세상과 나를 움직이는 삶의 기술》 등 45권의 저서가 있는데, 대부분 번역되어 전 세계적으로 널리 읽히고 있다.

어려움은 누구에게나 찾아오는 '인생의 손님'입니다. 반가운 손님은 아니지만 피해갈 수 없다면 맞서 이겨내야 합니다. 이겨내지 못하면 자신이 원하는 것을 얻지 못합니다.

르네상스 시대의 화가이자 조각가이며, 건축가였던 미켈란젤로Michelangelo Buonarroti는 명작 〈최후의 심판〉을 그렸으며, 유명한 〈다비드〉상을 조각했고, 〈성 베드로성당〉을 건축한 것으로 유명합니다. 한사람이 지닌 재능으로는 축복이 아닐 수 없습니다. 하지만 미켈란젤로는 가난을 운명처럼 여기며 살았습니다. 너무도 가난했던 그는 돈이 없어 일꾼들과 한방에서 지내기도 했습니다. 가난은 사람을 궁지로 몰아넣기도 하고, 비굴하게 만들기도 합니다. 미켈란젤로는 가난의 악조건 속에서도 언제나 묵묵히 자신의 일에 열정을 다했습니다. 그 결과 세계미술사에 영원히 남아 사람들로부터 존경받고 있습니다.

조금만 힘들고 어려워도 징징거리는 10대들을 볼 수 있습니다. 이런 자세로는 그 어떤 일도 제대로 해내기 힘듭니다. 굳건한 의지와 용기를 갖고 해야 합니다. 그랬을 때 좋은 결과가 나타나는 것입니다.

어려움에 지지 않는 10대가 되십시오.

---

* 어려움에 지면 어려움에 노예가 되지만, 이기면 행복의 승리자가 된다.

포기하지 않기

믿는 일, 하고자 하는 일은
자신 있게 하라.
도중에 절대 포기하지 마라.
성공할 때까지 밀고 나가라.

• 앤드루 카네기

• **앤드루 카네기**Andrew Carnegie (1835~1919) 미국 철강회사 창업주. 자선사업가로 미국의 기부문화를 주도한 기부문화 1세대이다. 꿈을 안고 스코틀랜드에서 미국으로 이주한 이민자의 아들로 어린 시절부터 방직공장, 전보 배달원, 전신기사로 일했다. 그러던 중 제강법에 대해 꿈을 키우게 되었고, 세계 최고의 철강회사를 창립하여 세계적인 부호가 되었다. 그가 성공할 수 있었던 것은 성실성과 근면성, 사람들을 칭찬하고 격려하는 참 좋은 마인드에 있다. 그가 사람들로부터 존경받는 성공적인 인물이 될 수 있었던 것은 이외에도 자신의 재산을 기부함으로써 기업의 사회적인 책임을 보여주었기 때문이다. 그는 죽어서도 이름을 빛내는 가장 성공적인 인물 중 하나이다.

미국의 기부문화 선구자인 앤드루 카네기는 아메리카드림을 이룬 스코틀랜드의 이민자입니다. 미국으로 온 카네기는 13살 어린 나이에 방직공장에서 실 감는 일을 하였습니다. 나이는 어렸지만 책임감이 강하고 성실해 어른들보다도 일을 더 잘했습니다. 사장은 카네기를 칭찬하며 어른과 똑같은 월급을 주었습니다.

방직공장을 나와 전보배달원이 된 카네기는 타고난 성실함으로 열심히 일해 칭찬이 자자했습니다. 전신기사가 없는 사이에 온 전신을 카네기가 수신했는데, 나중에 이 일을 알게 된 지배인은 그를 단번에 전신기사로 임명하였습니다. 그리고 얼마 후 카네기는 오하이오 전신회사에 고용되었는데 그의 노력으로 큰 사고를 막을 수 있었습니다.

그 일로 카네기는 지배인 비서로 발탁되었으며, 제강에 대한 정보를 듣고 영국에 가서 제강법을 배운 후 철강회사를 차려 성실하게 노력한 끝에 세계 최고의 철강회사로 만들었습니다. 그 후 철강회사에서 은퇴한 카네기는 자선사업을 하며 많은 사람들의 귀감이 되어 존경을 받았습니다.

카네기가 타국인 미국에서 하는 일마다 성공할 수 있었던 것은 어떤 상황에서도 포기하지 않는 불굴의 정신 때문이었습니다. 꿈을 이루기 위해 포기하지 않는 불굴의 정신과 열정을 배워야 합니다. 그것이 꿈을 이루는 최선의 비결이기 때문입니다.

* 쉽게 포기하는 사람은 언제나 포기하지만, 포기하지 않는 사람은 태산이 가로막아도 절대 포기하지 않는다.

성공하려면
세상의 모습을 있는 그대로
받아들이되
그것을 뛰어넘어야 한다.

▪ 마이클 코다

▪ **마이클 코다**Michael Korda 미국의 저술가. 출판편집자. 영화 미술감독 빈센트 코다와 영국 여배우 게르트루드 무스그로브의 아들로 태어났다. '사이먼 앤 슈스터' 출판사의 편집장으로 있으며, 저술활동에도 적극적으로 나서고 있다. 주요저서로 《힘의 원칙》이 있으며 이외에도 여러 권의 저서가 있다.

인생을 자신의 뜻대로 살기 위하여

'핑계 없는 무덤은 없다'라는 속담이 있습니다. 이는 어떤 일에 있어 결과에 대해 변명하는 것을 경계하여 이르는 말입니다.

무슨 일이든 잘 해나가는 사람은 어떤 상황에서도 결코 변명 따위는 하지 않습니다. 그것은 스스로 나약한 존재임을 인정하는 것과 같기 때문입니다. 그러나 그 어떤 일도 잘하지 못하는 사람은 변명으로 일관합니다. 변명함으로써 자신의 잘못을 회피하려는 마음에서입니다. 하지만 이는 스스로 묻힐 웅덩이를 파는 것과 같습니다. 쓸데없는 변명은 치졸하고 무가치한 일입니다.

'성공하려면 세상의 모습을 있는 그대로 받아들이되 그것을 뛰어넘어야 한다.'는 마이클 코다의 말은 어떤 상황에서도 자신에게 주어진 일에 열정을 다하라는 것입니다. 그렇게 할 수 있다면 반드시 좋은 결과를 얻을 수 있다는 의미입니다.

세상은 자신이 원하는 대로 따라주지 않습니다. 그렇기에 자신이 원하는 것을 얻기 위해서는 반드시 세상을 뛰어넘어야 한다는 것입니다. 세상은 가만히 있는 자에게 '성공의 마시멜로'를 주지 않습니다.

세상은 아주 냉정한 고집쟁이와 같아서 고집쟁이인 세상을 이기고 자신이 원하는 것을 얻기란 결코 쉽지 않습니다. 세상을 뛰어 넘는 10대가 되십시오. 그랬을 때 자신이 바라는 대로 멋진 인생의 그림을 완성할 수 있습니다.

---

* 세상을 뛰어넘는 자가 세상을 변화시킨다.

시도하고 또 시도하는 자만이
성공을 이루어내고 그것을 유지한다.
시도한다고 잃을 것은 없으며,
성공하면 커다란 수확을 얻게 된다.
그러니 일단 시도해보라.
망설이지 말고 지금 당장 해보라.

• 클레멘트 스톤

• **클레멘트 스톤**W. Clement Stone (1902~2002) 미국의 기업인. 자기계발 동기 부여가 이자 세일즈맨의 원조로 불린다. 어린 시절 가난한 집안 환경으로 6세 때부터 시카고에서 신문을 판매했으며, 13세 때 자신의 신문 가판대를 갖게 되었다. 16세 때 어머니와 보험사를 차리고 보험세일즈를 하며 큰돈을 벌기 시작해 마침내 억만장자가 되어 사람들을 놀라게 했다. 미국 경제잡지인 〈포춘〉가 선정하는 '미국 50대 부자'에 이름을 올렸다. 그는 맨주먹으로 자수성가한 입지전적인 인물이다. 주요 저서로 《믿고 행동하라》, 《클레멘트처럼 성공하기》 외 다수가 있다.

인생을 자신의 뜻대로 살기 위하여

'바보들은 항상 결심만 하다 만다'는 말이 있습니다. 시도하지 못하는 결심은 아무것도 아닙니다. 마치 알맹이 없는 열매와 같습니다. 무슨 일을 하던 결과를 얻기 위해서는 자신이 결심한 것을 지금 당장 시도해야 합니다. 머뭇거리거나 생각만으로 끝나면 그 어떤 결실도 맺지 못하게 됩니다.

중국의 삼대 시인 중 하나인 도연명陶淵明은 말하기를 '세월은 사람을 기다려주지 않는다'고 했습니다. 이 말이 의미하는 것은 무엇인가를 이루고 싶다면 게으름을 피우지 말고 부지런히 힘쓰라는 말입니다.

시간은 흐르는 강물과 같아 붙잡아 둘 수 없습니다. 시간은 앞으로만 가는 에고이스트입니다. 그래서 시간에 질질 끌려가는 사람은 시간의 노예가 되어 자신이 원하는 것은 고사하고 남에게 뒤처지고 맙니다.

그러나 시간을 리드하는 사람은 자신이 원하는 대로 살아가게 됩니다. 시간을 리드하기 위해서는 자신이 생각한 것을 지금 당장 시도하는 것입니다. 시간은 리드하는 사람을 좋아하고 그에게 원하는 것을 선물합니다.

시간에게 끌려갈 것인가, 아니면 시간을 끌고 갈 것인가는 매우 중요합니다.

특히, 10대는 그 어느 때보다도 시간을 잘 써야 하는 시기입니다. 시간에 끌려가고 싶지 않다면 자신이 계획한 것을 지금 당장 시작하십시오. 시작하는 자만이 원하는 것을 얻을 수 있습니다.

* 시간을 지배하는 자는 원하는 삶을 살지만, 시간에 끌려가는 자는 시간의 지배를 받는다.

기회가 왔을 때
받아들일 준비가 되어 있는 것,
그것이 바로 성공의 비결이다.

• 벤저민 디즈레일리

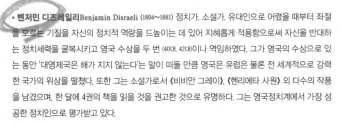

• 벤저민 **디즈레일리**Benjamin Disraeli (1804~1881) 정치가. 소설가. 유대인으로 어렸을 때부터 좌절을 모르는 기질을 자신의 정치적 역량을 드높이는 데 있어 지혜롭게 적용함으로써 자신을 반대하는 정치세력을 굴복시키고 영국 수상을 두 번 (40대. 42대)이나 역임하였다. 그가 영국의 수상으로 있는 동안 '대영제국은 해가 지지 않는다'는 말이 떠돌 만큼 영국은 유럽은 물론 전 세계적으로 강력한 국가의 위상을 떨쳤다. 또한 그는 소설가로서 《비비안 그레이》, 《헨리에타 사원》 외 다수의 작품을 남겼으며, 한 달에 4권의 책을 읽을 것을 권고한 것으로 유명하다. 그는 영국정치계에서 가장 성공한 정치인으로 평가받고 있다.

유대인 출신으로 영국 수상을 두 번이나 지낸 벤저민 디즈레일리. 그가 보수적인 영국에서 두 번이나 수상을 지낼 수 있는 이유는 무엇일까요. 그것은 그가 수상으로 오를 수 있는 기회가 왔을 때 그 기회를 잡을 준비가 되어있었기 때문입니다. 준비가 되어 있지 않은 사람은 기회가 왔을 때 그 기회를 놓치고 맙니다. 기회는 준비되지 않은 사람을 받아들이지 않기 때문입니다.

유능한 영어학자가 되기 위해서는 열심히 영어학자가 될 준비를 해야 하고, 멋진 시인이 되기 위해서는 꾸준한 습작을 통해 시 쓰기 훈련을 해야 합니다. 그런데 준비도 하지 않고 영어 학자가 되고. 시인이 되길 바란다면 그것은 욕심쟁이 같은 생각입니다.

세상은 그 어떤 것도 공짜로 주지 않습니다. 받을 준비가 되어 있는 사람에게 원하는 것을 선물합니다.

10대는 인생에서 매우 중요합니다. 이 시기에 자신이 하고 싶은 것을 결정하고, 그것에 대해 철저하게 준비해 대학에 진학해야 합니다. 그런데 10대들 중엔 철저한 준비 없이 대학을 선택하곤 합니다. 이는 매우 잘못 된 일입니다. 자신이 잘할 수 있는 것으로 준비한다면 훗날 반드시 좋은 기회가 찾아올 것입니다. 그 기회를 잡기 위해 열심히 준비하십시오.

* 기회는 아무 때나 오지 않는다. 다만, 기회를 맞을 준비를 끝냈을 때만 찾아온다.

패배의 마음 버리기

자신이 만일 패배의 마음을 갖고 있다면
그 마음을 자신으로부터 뿌리 뽑아야 한다.
패배를 생각하면 패배를 하기 때문이다.
그러므로 패배를 믿지 않는 태도를 가져야 한다.

▪ 노만 V. 피일

· ·

▪ **노만 빈센트 필**Norman Vincent Peale (1898~1993) 목사. 저술가. 자기계발동기부여가. 뉴욕 마블 협동교회에서 시무 52년을 포함하여 60년 동안을 목사로 사역하였다. 그는 시련과 고통 속에서 절망하는 많은 이들에게 성공적인 삶을 살아가도록 용기와 꿈을 주는 일에 평생을 바쳤다. 발행 부수 1,600만 부인 〈가이드 포스트〉를 발행하여 독자들로부터 많은 사랑을 받았다.

그의 대표작인 《적극적인 사고방식》은 현재 42개 언어로 번역되어 2,000만 부 이상이 팔린 초대형 베스트셀러이다. 그 외의 저서로는 《세상과 나를 움직이는 삶의 기술》 등 45권의 저서가 있는데, 대부분의 책이 번역되어 전 세계적으로 널리 읽히고 있다.

인생을 자신의 뜻대로 살기 위하여

성공하는 사람에게는 '성공의 유전자'가 강하게 작용합니다. 성공의 유전자는 매우 강력해서 불가능도 가능하게 하고, 최악의 상황에서도 흔들리지 않게 잡아줍니다. 그래서 실패를 겁내지 않고 굳건한 도전정신으로 밀고 나가게 만들어 줍니다.

그러나 실패하는 사람에게는 '패배의 유전자'가 강하게 작용합니다. 실패의 유전자는 충분히 할 수 있는 것도 막아버리고, 실패에 대한 두려움에 빠져들게 한다. 그런 까닭에 해보지도 않고 포기를 하고 맙니다.

성공의 유전자를 강하게 작동시키십시오. 성공의 유전자를 강하게 작동시키기 위해서 반드시 성공하겠다는 마음을 자신에게 주지시키고 나의 사전에는 실패는 없다고 믿으며 생산적이고 창의적인 마인드로 자신을 강화하십시오. 마지막으로 성공한 사람들의 이야기를 자신의 뇌에 입력하고, 각각의 장점들을 실행에 옮겨야 합니다. 이 네 가지를 꾸준히 실행에 옮기다 보면 자신도 모르는 사이 성공의 유전자를 지닌 사람으로 변화할 수 있습니다.

10대들이 공부를 마치고 사회에 진출하여 성공하고 싶다면 성공의 유전자를 강하게 작동시킬 수 있도록 긍정으로 말하고 행동하십시오. 이것이 습관이 되면 자신이 무슨 일을 하더라도 남보다 더 잘해낼 수 있게 될 것입니다.

* 성공하고 싶다면 '성공의 유전자'를 강한 센서로 작동시켜라.

나의 성공은
단순히 근면함에 있었다.
나는 일생동안
한 조각의 빵도
결코 앉아서 먹은 일이 없었다.

▪ 대니얼 웹스터

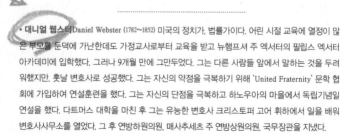

▪ 대니얼 웹스터Daniel Webster (1782~1852) 미국의 정치가, 법률가이다. 어린 시절 교육에 열정이 많은 부모를 둔덕에 가난한데도 가정교사로부터 교육을 받고 뉴햄프셔 주 엑서터의 필립스 엑서터 아카데미에 입학했다. 그러나 9개월 만에 그만두었다. 그는 다른 사람들 앞에서 말하는 것을 두려워했지만, 훗날 변호사로 성공했다. 그는 자신의 약점을 극복하기 위해 'United Fraternity' 문학 협회에 가입하여 연설훈련을 했다. 그는 자신의 단점을 극복하고 하노우아의 마을에서 독립기념일 연설을 했다. 다트머스 대학을 마친 후 그는 유능한 변호사 크리스토퍼 고어 휘하에서 일을 배워 변호사사무소를 열었다. 그 후 연방하원의원, 매사추세츠 주 연방상원의원, 국무장관을 지냈다.

인생을 자신의 뜻대로 살기 위하여

근면한 사람은 망하는 법이 없습니다. 근면한 사람이 누구에게나 인정받는 것은 성실하고 부지런하기 때문입니다. 하지만 게으른 사람은 누구에게나 외면을 받고 손가락질받습니다. 그래서 게으른 거지는 있지만, 근면한 거지는 없는 법입니다.

백화점 왕이라고 불리었던 존 워너메이커John Wanamaker는 근면과 성실의 대명사입니다. 그는 평범한 직원에서 백화점 CEO로 성공한 입지전적인 인물로 존경받습니다. 그가 성공한 가장 큰 이유는 근면과 성실에 있습니다. 그는 다른 직원들과 달리 어떻게 하면 고객들에게 더 나은 서비스를 제공할 수 있을지를 연구하였습니다. 그는 '친절'한 서비스야말로 고객을 만족하게 한다는 생각에 언제나 친절하게 고객들에게 서비스를 제공하였습니다. 그의 친절은 고객들에게 감동을 주었고, 고객들의 칭찬이 자자했습니다. 그러자 회사에서는 그를 매니저로 승진시켰습니다. 그가 맡은 판매부서는 매출이 급성장했고 공을 인정받아 승진을 거듭한 끝에 백화점 사장에 오르게 되었습니다. 그 후 그는 성공신화를 쓰며 미국의 전설적인 인물이 되었습니다.

자신의 꿈을 이루고 싶다면 근면해야 합니다. 동서고금을 막론하고 꿈을 이룬 사람들은 하나같이 근면했다는 것이 그것을 잘 말해줍니다. 근면한 사람은 자신의 일에 최선을 다하는 까닭입니다. 근면을 습관화하십시오.

＊ 근면은 인간이 기본적으로 갖춰야 할 마인드이다.

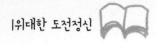

돌이켜 보면
나의 생애는 일곱 번 넘어지고
여덟 번 일어났던 것이다.

- 프랭클린 루즈벨트

....

- **프랭클린 D. 루즈벨트**Flanklin Delano Roosevelt (1882~1945) 미국의 정치가.

미국 역사상 최초로 4선 대통령인 루스벨트는 그 어떤 정치가보다도 실패를 많이 했다. 그는 39세 때 갑작스럽게 소아마비를 앓게 되면서 심한 좌절을 겪기도 했다. 그러나 그는 강철 같은 의지로 소아마비를 극복하며 대통령이 되었다. 루스벨트는 자신의 공약대로 '뉴딜New Deal 정책'을 펼쳐나감으로써 미국을 최악의 경제공황으로부터 구해냈다. 그가 미국국민들로부터 존경받는 것은 그 어떤 상황에서도 자신의 책임을 다했을 뿐만 아니라, 남의 의견을 존중하고, 평화와 자유를 사랑하는 따뜻하고 부드러운 인간애로 국민들에게 희망과 용기를 준 삶을 지향했기 때문이다. 주요저서로 《우리의 길On Our Way》 외 다수가 있다.

실패 없는 도전은 없고, 도전 없는 성공은 없습니다. 모든 성공 뒤엔 가슴 쓰린 실패가 있기 마련입니다. 그런데 문제는 실패를 했을 때 어떤 자세를 갖느냐가 매우 중요합니다. 실패하면 대개 상실감에 젖어 자신을 질책하곤 합니다.

물론 그럴 수 있습니다. 하지만 질책이 길어져 자신감을 잃으면 도전하는 것에 대해 두려움을 갖게 됩니다. 일단 두려움이라는 감옥에 갇히면 다시 용기를 갖기 위해서는 많은 시간이 필요합니다. 이는 인생에 있어 매우 소모적인 일입니다. 이처럼 불필요한 소모를 막기 위해서는 설령 반복된 실패를 하더라도 두려움에 사로잡히지 말아야 합니다. 속은 상하겠지만 아무렇지도 않게 넘길 수 있어야 합니다. 이것 또한 용기인 것입니다.

미국대통령 중 유일하게 4선 대통령인 프랭클린 루스벨트Franklin Roosevelt는 실패를 누구보다도 많이 한 사람입니다. 하지만 실패를 성공의 디딤돌로 삼고 성공한 대통령으로 거듭났습니다. 발명가 에디슨Thomas Edison은 누구보다도 실패를 많이 했습니다. 그러나 많은 실패를 통해 천 가지가 넘는 발명품을 탄생시킬 수 있었습니다.

실패를 두려워하지 않는 10대가 되세요. 실패를 이겨내면 반드시 자신이 원하는 것을 얻게 됩니다. 그러나 이겨내지 못하면 원하는 것을 놓치고 맙니다. 실패는 성공의 디딤돌입니다.

* 실패 없는 도전은 없고, 도전 없는 성공은 없다.

*
지금의 자리에 안주하는 것은
더 나은 내일을 포기하는 것과 같다.
이상을 품고 새로운 변화를 꿈꿔라.
변화하는 자만이
더 나은 이상을 실현 시킬 수 있다.

*
넘어지는 것을 두려워하지 마라.
당신이 지금 잘 걷는 것은
걸음마를 배울 때
많이 넘어져 봤기 때문이다.
당신이 진정 보다 나은 삶을 원한다면
장애물을 두려워하지 말고 넘어가라.

*
인생에 연장전은 없다.
전반전에서 승부를 내던
후반전에서 승부를 내야한다.
그렇지 않다면 어느 누구도 자신에게
깊은 관심을 기울이지 않을 것이다.

*
성공을 방해하는 세 가지 나쁜 마인드
첫째, 매사에 부정적인 생각을 하는 것,
둘째, 게으름과 나태함이며,
셋째, 대충 넘어가는 무사안일이다.

*
경쟁에도 질서는 있어야 한다.
경쟁자가 아무리 편법을 쓴다고 해도
그 경쟁에서 이기려면
정직하고 당당하게 경쟁상대를 제압해야한다.
거짓은 뿌리를 드러낸 나무와 같아
약한 비바람에도 쉽게 쓰러지고 만다.

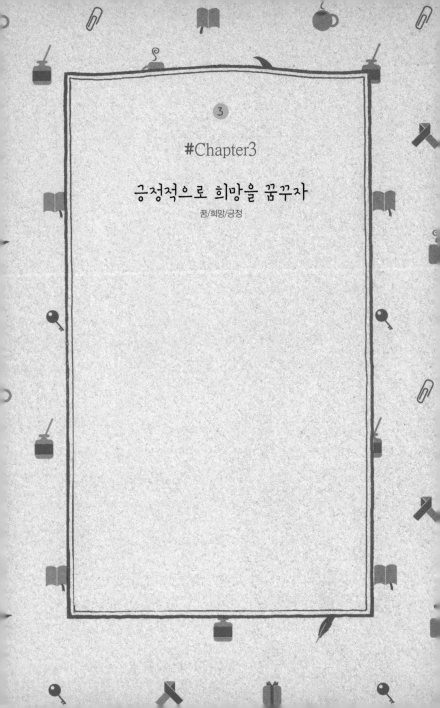

3

#Chapter3

긍정적으로 희망을 꿈꾸자

꿈/희망/긍정

무엇을 하던 즐거운 마음으로 하라.
즐거운 마음으로 하면 마음에 부담이 없고,
마치 즐거운 게임을 하는 것처럼 생각된다.
그래서 즐거운 마음으로 하면 예상했던 것보다 훨씬
좋은 결과를 얻을 수 있는 것이다.

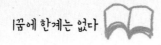 |꿈에 한계는 없다

우리의 꿈에는 그 어떤 한계도 없다.

• 진 시몬스

• 진 시몬스 Jean Simmons (1929~2010) 영국의 배우. 진 시몬스는 1944년에 데뷔하여 영화 〈위대한 유산〉, 〈검은 수선화〉 등으로 큰 호평을 받았다. 1948년 〈햄릿〉으로 베니스영화제 여우주연상을 수상했다. 그녀는 또 드라마 〈가시나무새〉에 출연하는 등 활발하게 활동했다. 청순가련형의 뛰어난 외모로 많은 영화팬들로부터 사랑을 받았다. 주요작품으로 〈태양의 그림자〉, 〈햄릿〉, 〈위대한 유산〉 외 다수가 있다.

긍정적으로 희망을 꿈꾸자

꿈은 한계를 지니지 않아요. 꿈은 무한합니다. 인간이 생각하는 것은 모두 꿈이 될 수 있습니다. 꿈에 한계가 있다면 그것은 꿈이 아닙니다.

지금 인류가 고도의 물질문명시대를 이룰 수 있었던 것은 인간이 생각한 꿈을 하나씩 실행에 옮겨 현실화했기 때문입니다. 빠르게 달리고자 하는 꿈은 자동차를 만들었고, 기차를 만들었으며, 새처럼 날고 싶었던 꿈은 비행기를 만들었습니다. 또한 TV, 스마트 폰, 인터넷 등의 최첨단 기기도 인간의 꿈이 만든 것입니다. 나아가 우주선을 띄우고, 우주정거장을 세우고, 우주로의 여행도 곧 가능한 단계에 도달할 것입니다.

인간이 생각해서 안 되는 것은 없습니다. 생각을 하지 않아서 못할 뿐 생각하는 대로 이뤄내는 게 인간의 능력입니다.

그런데 이런 뛰어난 능력을 지니고도 꿈을 묵히고 썩힌다면 그것은 꿈에 대한 모독이며 인간이기를 포기하는 불행한 일입니다. 어리석은 사람이 되지 않기 위해서는 자신이 생각하는 꿈을 하나씩 실행해보세요. 그것이 무엇이든 상관없습니다. 실행하는 것만으로도 충분히 가치 있는 일이며 그렇게 함으로써 자신의 존재에 대해 감사하게 될 것입니다.

꿈은 사람을 가리지 않습니다. 꿈을 꾸지 않는 것은 그 자신일 뿐입니다. 꿈을 사랑하고 꿈을 존중하세요. 행복한 삶을 보장 받게 될 것입니다.

＊ 인간의 세계엔 한계가 있지만, 꿈엔 한계란 없다. 꿈꿀 수 있는 한 맘껏 꿈꾸라. 꿈은 그 자체만으로도 행복하지만 꿈을 이루면 세상을 다 가진 것처럼 행복하다.

꿈과 목표를 종이 위에 기록하는 것,
그것이 가장 원하는 사람이 되기 위한
프로세스를 가동시키는 방법이다.

• 마크 빅터 한센

....

• **마크 빅터 한센**Mark Victor Hensen (1948~) 미국의 작가. 그는 많은 사람들의 꿈을 심어주고, 미래의 가능성을 열어주는데 헌신하였다. 그는 박애주의자이자 독실한 크리스천으로 나누는 삶과 사회에 크게 공헌하였다. 그는 빈곤층을 위한 사랑의 집짓기 운동인 '해비타트'와 미국적십자사, 동전을 모아 암환자를 돕는 단체인 '마치 포 다임즈', 미국아동돕기협회 등 많은 자선단체들을 적극 후원하고 있다. 최고의 작가상(1997), 호레이시오 앨저 상Horatio Alger Award(2000)을 수상하였다. 그의 책 《영혼을 위한 닭고기 수프》는 지금까지 8,000만부나 판매된 초대형 베스트셀러이다. 주요작품으로 《행복한 부자의 닭고기 스프》, 《생활 속에서 기쁨을 찾는 법》 외 다수가 있다.

긍정적으로 희망을 꿈꾸자

베스트셀러《마음을 열어주는 101가지 이야기》의 공동저자인 마크 빅터 한센은 꿈과 목표를 종이 위에 기록하는 것이 원하는 사람이 되기 위한 가장 좋은 방법이라고 말했습니다. 꿈을 이룬 사람들은 메모하는 습관이 있습니다. 꿈을 이루기 위한 과정을 기록하는 것은 자신에게 큰 도움을 줍니다.

왜 그럴까요. 자신의 모든 것을 거울처럼 들여다볼 수 있기 때문인데 잘하고 있을 때는 더 잘해야겠다는 생각을 하고, 잘 못하고 있을 때에는 스스로를 반성하는 생각이 성찰 과정을 거쳐 발전하기 때문입니다.

〈꿈의 목록〉을 기록하고 항목을 하나씩 실천에 옮긴 사람이 있습니다.

존 고다드John Goddard는 15살 때 메모지에 자신이 하고 싶은 것들을 적기 시작했습니다. 무려 127가지나 되었지요. 어른이 된 그는 비행기조종술을 배우고, 말타기도 배우고, 아마존 강을 일주하는 모험을 즐기는 등 자신이 하고 싶은 것은 실천에 옮겼습니다. 하나씩 목표를 이루는 기분은 그 어떤 것보다 그를 행복하게 했고, 자부심을 갖게 했습니다. 47세가 되던 해 1972년 라이프 잡지에 〈한 남자의 후회 없는 삶〉이라는 그의 기사가 게재되었는데 큰 반향을 일으켜 라이프지 역대 최고 판매 부수를 기록하게 됩니다. 그는 111가지나 되는 꿈의 목록을 달성했습니다. 스스로 생각해도 자신이 참 대견스러운 그는 지금도 꿈을 실현하고 있습니다.

* 꿈을 이루는 희열이란 돈으로도 살 수 없고, 그 어떤 것보다도 값진 일이다. 지금 당장 꿈의 노트를 준비하고 꿈을 기록하라. 그리고 반드시 실천하라.

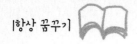

나는 밤에만 꿈꾸는 게 아니라
하루 종일 꿈을 꾼다.
나는 먹고살기 위해 꿈을 꾼다.

▪ 스티븐 스필버그

•••

• **스티븐 스필버그**Steven Spielberg (1946~) 미국의 영화감독. 영화 프로듀서. 그는 어린 시절부터 영화에 흥미가 많아 13세 때 아버지에게 400달러를 빌려 〈도피할 수 없는 탈출〉이란 영화를 찍기도 했다. 그는 캘리포니아 주립대학 영화학과를 졸업한 후 할리우드 유니버설 스튜디오에 입사했다. 그의 초기 S. F. 어드벤처 영화는 현재 할리우드 블록버스터의 원형으로 꼽힌다. 그만큼 그의 제작능력은 탁월하다. 대표적인 작품으로 〈조스〉, 〈인디아나 존스〉, 〈쥐라기 공원〉, 〈칼라 퍼플〉, 〈 E. T 〉, 〈라이언 일병 구하기〉 등 다수가 있다. 두 번의 아카데미 감독상을 수상하였다.(1993년. 1998년) 타임지는, 그를 '20세기의 가장 중요한 인물 100인'에 올렸다. 그는 세계 최고의 흥행감독이자 최고의 감독이다.

꿈이 있는 사람은 얼굴이 밝고 매사에 자신감이 넘칩니다. '꿈이 있는 사람은 늙지 않는다.'는 말이 있습니다. '꿈'속에는 그 꿈을 이루겠다는 열망이 강하게 작용해 싱싱한 에너지로 넘쳐나기 때문입니다.

로큰롤의 제왕 엘비스 프레슬리Elvis Presley는 트럭기사였습니다. 그러나 그에겐 가수가 되고 싶은 열망으로 가득했습니다. 그러던 어느 날 음반회사 사장 비서인 마리언 케이스커Marion Keisker의 눈에 띄어 〈Blue Moon of Kentucky〉와 〈That's all right mama〉를 녹음하게 됩니다. 이들 노래는 자주 방송되었고 인기를 끌기 시작합니다. 그 후 선 레코드사에서 출반된 2, 3차 싱글 앨범이 지역에서 잇따라 히트하는 행운을 얻었습니다. 이에 용기를 얻은 엘비스 프레슬리는 미국 남부를 순회하며 자신을 알리는 데 최선을 다했고 그 해 7월 〈Baby Let's Play House〉가 최초로 전국적인 히트송이 됩니다. 9월에는 〈Mystery Train〉도 히트송이 되면서 유명해지게 됩니다.

엘비스 프레슬리는 최다 차트 앨범, 최다 톱 텐 레코드, 최다 연속 톱 텐 레코드, 24년간 연속 차트 등 새로운 기록들을 만들어내며 최고의 가수가 됩니다. 그가 성공할 수 있었던 것은 스필버그의 말처럼 하루 종일 꿈꾸며 기회를 찾았기 때문입니다.

10대는 꿈의 골조를 이루는 시기입니다. 골조가 탄탄해야 안전한 빌딩이 되듯 꿈을 이루려는 열정이 넘쳐야 꿈의 골조를 이루고 꿈을 완성할 수 있습니다.

* 공부할 때도, 밥을 먹을 때도, 길을 갈 때도, 잠을 잘 때도 항상 꿈을 꾸라. 꿈을 꾸는 자는 반드시 꿈을 이룬다.

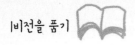
소년이여, 야망을 가져라.

• 존 F. 케네디

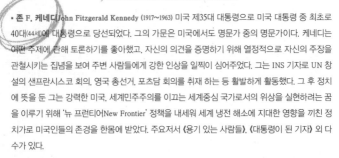

• **존 F. 케네디**(John Fitzgerald Kennedy (1917~1963)) 미국 제35대 대통령으로 미국 대통령 중 최초로 40대(44세)에 대통령으로 당선되었다. 그의 가문은 미국에서도 명문가 중의 명문가이다. 케네디는 어떤 주제에 관해 토론하기를 좋아했고, 자신의 의견을 증명하기 위해 열정적으로 자신의 주장을 관철시키는 집념을 보여 주변 사람들에게 강한 인상을 일찍이 심어주었다. 그는 INS 기자로 UN 창설의 샌프란시스코 회의, 영국 총선거, 포츠담 회의를 취재 하는 등 활발하게 활동했다. 그 후 정치에 뜻을 둔 그는 강력한 미국, 세계민주주의를 이끄는 세계중심 국가로서의 위상을 실현하려는 꿈을 이루기 위해 '뉴 프런티어New Frontier' 정책을 내세워 세계 냉전 해소에 지대한 영향을 끼친 정치가로 미국인들의 존경을 한몸에 받았다. 주요저서 《용기 있는 사람들》, 《대통령이 된 기자》 외 다수가 있다.

케네디는 어려서부터 매우 총명했고 매사에 당당했습니다. 그의 눈은 언제나 초롱초롱 빛났고, 불의를 보면 참지 못하는 정의로운 성품을 지닌 사람이었습니다. 친구들 간에 리더십이 뛰어나고 말도 잘했습니다.

그의 그런 성격은 대학(하버드대학)에 가서도 그대로 이어졌습니다. 그는 어떤 주제에 대해 토론하기를 좋아했고, 자신의 의견을 증명하기 위해 열정적으로 자신의 주장을 관철시키는 집념을 보여 주변 사람들에게 강한 인상을 심어주었습니다.

케네디는 제2차 세계대전 중인 1942년 해군으로 참전하지만 부상을 당했습니다. 제대 후 INS 통신원으로 UN 창설의 샌프란시스코 회의, 영국 총선거, 포츠담 회의를 취재하는 등 활발하게 활동했습니다. 그는 정치에 관심을 갖고 1947년 매사추세츠 주 하원의원이 되었고, 1953년에 상원의원에 당선되어서는 자신이 공약으로 내세운 일들을 최선을 다해 실천하여 국민들로부터 많은 인기를 얻었습니다. 마침내 민주당 대통령 후보로 선거에 나서 44세의 젊은 나이로 대통령에 당선되었습니다. 케네디가 대통령이 될 수 있었던 가장 큰 요인은, 비전을 갖고 끊임없는 도전과 조국을 생각하는 간절함에 있었습니다.

그가 '소년이여, 야망을 가져라'라는 멋진 말을 할 수 있었던 것은 자신의 경험에서 우러난 보석보다 귀한 진실인 것입니다.

---

* 꿈은 언제나 꿈을 가진 사람 편이다. 꿈을 이루고 싶다면 꿈의 친구가 되어 꿈과 함께 먹고, 함께 마셔라. 꿈을 진실로 사랑하라.

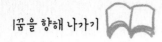

꿈을 향해 나가기

꿈을 향해 담대하게 나아가라.
자신이 상상한 바로 그 삶을 살아라.

• 헨리 데이비드 소로

....

• **헨리 데이비드 소로**Henry David Thoreau (1817~1862) 미국의 철학자. 시인. 수필가. 하버드대학을 졸업하고 연필제조업, 교사, 측량 업무 등에 종사하기도 했다. 하지만 그는 문학과 철학에 깊이 심취해 집필활동에 열중하였다. 그는 노예제도와 멕시코전쟁에 항의하여 월든의 숲에 작은 오두막집을 짓고 살았다. 그는 인두세 거부로 투옥당했으며, 노예운동에 헌신하였다. 그의 이런 사상은 간디와 마틴 루서 킹 목사에게 큰 영향을 주었다. 소로는 에머슨과 더불어 위대한 초월주의 철학자이며 미국 르네상스의 원천이었다. 그의 일생은 물욕과 인습의 사회 및 국가에 항거하여 자연과 인생의 진실에 관한 문제에 대해 연구하고 그것을 저술하는 매우 의미 있는 삶이었다. 주요저서로 《고독의 즐거움》, 《월든》 외 다수가 있다.

긍정적으로 희망을 꿈꾸자

미국의 작가이자 사상가인 헨리 데이비드 소로는 자신이 상상한 삶을 살라고 말했습니다. 자신이 상상하는 삶을 산다는 것은 참으로 멋지고 행복한 일이 아닐 수 없습니다. 생각만으로도 전율이 일 정도입니다.

영국의 버진 그룹Virgin Group CEO인 리처드 브랜슨Richard Branson은 상상하는 대로 꿈을 이룬 사람으로 유명합니다. 그는 심한 난독증으로 고등학교를 중퇴했지만 그에겐 무궁무진한 아이디어가 넘쳐났습니다. 고등학교를 중퇴한 그는 《스튜던트》라는 잡지를 만들어 팔아 모은 돈으로 버진레코드 가게를 냈습니다. 그는 고객의 입장에 맞춰 인테리어를 하는 등 세심하게 신경을 써서 매장을 꾸몄습니다. 가게는 손님들로 넘쳐났고, 여러 도시에 레코드가게를 낼 수 있었습니다.

그 후 버진 애틀랜틱 항공사를 설립하여 자리를 잡자, 유럽의 저가 항공사인 버진 익스프레스와 호주의 저가 항공사인 버진 블루, 나이지리아의 버진 나이지리아 항공, 미국의 저가 항공사인 버진 아메리카를 설립하였습니다.

현재 버진 그룹은 30여 개 국가에 200여 개의 미디어, 모바일, 인터넷, 음료, 호텔, 레저, 여행, 라디오, 우주산업 등 다양한 분야에서 열정적으로 사업을 경영하고 있습니다.

브랜슨이 맨주먹으로 꿈을 이룰 수 있었던 것은 자신이 상상하는 대로 실행했기 때문입니다. 상상의 힘은 참으로 놀라운 마력을 지녔습니다. 자신이 상상하고 꿈꾸는 대로 실행해 보세요.

* 상상력의 엔진을 힘차게 가동하고, 자신이 상상하는 대로 실행하라. 상상하고 꿈꾸면 현실이 된다. 상상하는 삶을 살아라.

꿈이 현실의 행동으로 나타나고,
그 행동에서 다시 꿈이 생겨나게 되면
마침내 삶의
가장 바람직한 형태가 만들어진다.

• 아나이스 닌

• **아나이스 닌**Anais Nin (1903~1977) 프랑스 출신의 미국 소설가. 한때 모델을 하다 1932년 《D. H 로렌스의 비전문적인 연구》를 발표하며 문학 활동을 시작하였다. 그 후 뉴욕에서 몇 권의 책을 출판했으나 비평가들의 주목을 받지 못했다. 하지만 많은 문인들로부터 찬사를 받았다. 그녀가 뛰어난 작가로 인정을 받게 된 것은 그녀의 일기를 책으로 펴내고서다. 이 일기책이 성공을 거두자 사람들은 그녀에게 깊은 관심을 가졌다. 그녀는 평생 일기를 썼는데 그녀가 남긴 일기는 150여 권 분량이라고 한다. 비평가들은 그녀의 글에 담긴 섬세한 여성적 필치의 서정적인 문체, 심리적 통찰력을 높이 평가하며, 그녀를 탁월한 심리 소설가로 꼽는다. 주요작품으로 《헨리와 준》, 《마틸드》 외 다수가 있다.

꿈과 행동이 함께할 때 가장 확실한 성공을 이룰 수 있습니다. 꿈은 있는데 행동이 따르지 않으면 꿈으로만 끝나고 맙니다. 행동 즉, 실행이 따라야 비로소 꿈은 현실이 되는 것입니다.

한 소년이 있었습니다. 그의 꿈은 골프선수가 되는 것이었습니다. 주변 사람들은 그를 비웃었습니다. 하지만 어른이 된 그는 자신의 꿈을 위해 자신에게 주어진 일에 최선을 다했습니다. 그러자 그에게 기회가 왔습니다. 1995년 팬텀 오픈에서 첫 우승을 하였으며, 1999년 일본 골프 투어에서 두 번 우승하였습니다. 그리고 미국 PGA(미국남자프로골프)투어 자격심사에서 35위에 올라 PGA투어 자격을 얻었습니다. 그 후 그는 참가하는 대회마다 좋은 성적을 거두며 사람들이 주목을 받았습니다.

그리고 마침내 2002년 뉴올리언스 콤팩 클래식에서 한국인으로는 처음으로 PGA 투어에서 우승하였습니다. 그는 공로를 인정받아 2002년 체육훈장 맹호장을, 2007년에는 체육훈장 청룡장을 받았습니다. 그는 지금도 못다 이룬 꿈을 향해 힘차게 나아가고 있었습니다. 그의 이름은 최경주崔京周입니다.

최경주가 꿈을 이룰 수 있었던 것은 이루고 싶은 꿈의 열망에 행동 즉 실행이 함께했기 때문입니다. 꿈과 실행이 함께할 때 꿈은 현실이 됩니다. 꿈을 실행에 옮기는 똑똑한 10대가 되기를 바랍니다.

* 마음으로만 간직하는 것은 꿈은 꿈이 아니다. 실행했을 때 비로소 꿈이 되는 것이다.

나에게는 꿈이 있습니다

나에게는 지금 꿈이 있습니다.
인간이 모두 형제가 되는 꿈입니다.
나는 이런 신념을 가지고 나서서
절망의 산에다 희망의 터널을 뚫을 것입니다.
나는 이런 신념을 가지고 여러분들과 함께 나서서
어둠의 어제를 밝음의 내일로 바꿀 것입니다.
우리는 이런 신념을 가지고 새날을 만들어 낼 수 있습니다.

▪ 마틴 루서 킹

▪ **마틴 루서 킹**Martin Luther King (1929~1968) 미국 침례교회 흑인 목사이자 인권운동가. 킹은 미국 조지아 주 아틀 란트에서 출생했다. 그는 어린 시절부터 흑인들에 대한 백인들의 인권탄압으로부터 흑인들을 해방시켜야 한다는 꿈을 가지고 있었다. 그는 자신의 꿈을 이루기 위해서는 배워야 한다는 굳은 신념으로 1955년에 보스턴 대학에서 신학박사 학위를 받았다. 그리고 하버드대학에서 철학박사 학위를 받았다. 공부에 대한 그의 집념은 집착에 가까울 만큼 열성적이었다. 그는 그리스도교 지도회의를 결성하고, 인종차별을 반대하는 투쟁을 벌여 수차례나 투옥되었다. 하지만 그는 굴복하지 않고 계속해서 인권운동을 펼쳐나간 끝에 승리를 거둬 흑인들의 인권을 회복시켰다. 주요저서로 《우리 흑인은 왜 기다릴 수 없는가 Why We Can't Wait》가 있다.

긍정적으로 희망을 꿈꾸자

꿈이 있는 사람은 어떤 상황에서도 포기하지 않습니다. 꿈을 이루겠다는 욕망이 최악의 상황에서도 그 사람을 붙잡아주기 때문입니다.

미국의 흑인 인권 운동가인 마틴 루서 킹은 흑인들의 인권 회복을 위해 싸웠습니다. 인간답게 살 권리를 단지 피부가 검다는 이유로 백인들로부터 제약을 받는다는 것은 불합리하다고 여겼습니다. 같은 인간으로서 불평등하다는 이유에서였습니다. 따라서 흑인이 백인과 동등한 시민권을 얻기 위한 운동을 펼쳐왔습니다. 그는 자신에게 있을지도 모를 위험을 무릅쓰고, 끝까지 주장을 펼쳐나갔습니다. 불행하게도 과격파 백인단체의 인물 제임스 얼 레이에게 목숨을 잃었지만 흑인들의 인권을 찾는데 빛이 되었습니다. 그가 그렇게 할 수 있었던 것은 간절한 꿈이 있었기 때문입니다.

꿈이 없다면 포기하기 쉽습니다. 꿈을 이루겠다는 욕망이 없기 때문입니다. 꿈이 있는 사람은 어떤 상황에서도 포기하지 않습니다.

* 인간은 꿈을 먹고 사는 동물이다. 인간은 꿈이 있어 가치 있는 존재로 거듭난다. 하지만 꿈을 잃으면 전부를 잃고 만다.

간절히 원하라

꿈을 꾸고 간절히 원하면
꿈은 이루어진다.

- 파울로 코엘료

- **파울로 코엘료**Paulo Coelho (1947~) 브라질 출신의 신비주의 소설가. 극작가, 연극연출가, 저널리스트, 대중가요 작사가로도 활동하였다. 1986년 옛 에스파냐인들의 순례길인 '산티아고의 길'을 따라 걷고, 이 순례여행의 경험을 토대로 1987년 《순례여행》을 출판하였다. 실제로 연금술에 심취해 현자의 돌을 구해 보기도 했던 그는 1986년 《마법사의 일지》를 발표하면서 비로소 사람들에게 알려지기 시작하였고, 1988년 출간된 《연금술사》는 20여 개 국어로 번역되는 등 큰 인기를 모았다. 인간의 영혼과 마음, 자아의 신화와 만물의 정기를 이야기하는 그의 작품은 독자들로 하여금 자신이 자아의 삶에서 어디에 위치해 있는가를 끊임없이 반문하게 만든다. 대표작품으로 《연금술사》, 《베로니카 죽기로 결심하다》, 《피에트라 강가에서 나는 울었네》, 《11분》, 《오자히르》외 다수.

세계적인 베스트셀러 작가인 파울로 코엘료는 그의 소설《연금술사》에서 '꿈을 꾸고 간절히 원하면 꿈은 이루어진다.'고 말했습니다. 이 말은 꿈은 꾸는 것으로 끝나서는 안 되고 간절히 원해야 한다는 것입니다. 하지만 간절히 원한다는 것은 마음으로만 원하는 것이 아니라 그에 맞는 노력이 함께해야 함을 의미합니다. 노력이 따르지 않고 간절히 원하기만 하는 것은 아무런 효력이 없습니다.

현대그룹을 창업한 정주영鄭周永은 가난한 집안을 일으켜 세우기 위해 강원도 산골에서 서울로 갔습니다. 그가 가진 것이라고는 어린 시절 농사일로 다져진 건강한 몸이 전부였습니다. 그는 부두노동자, 쌀가게 배달부, 쌀가게 주인, 자동차 공업사를 거쳐 건설 회사를 세웠습니다.

허허벌판 울산 미포 만에 조선소를 세우고, 자동차회사를 세웠고 마침내 세계적인 기업이 되었습니다.

정주영이 맨주먹으로 세계적인 기업인 현대그룹의 최고경영자가 될 수 있었던 것은 부자가 되겠다는 간절한 꿈이 있었기 때문입니다. 그는 성실과 노력, 강철 같은 의지, 정직과 신용을 바탕으로 자신의 꿈을 이루었습니다.

자신의 꿈을 이루고 싶다면 간절하게 원하세요. 그리고 악착같이 꿈을 위해 노력하십시오. 그러면 반드시 원하는 것을 얻게 될 것입니다.

＊ 꿈은 이루라고 있는 것이다. 이루지 못하는 꿈은 부화되지 않은 달걀과 같다. 달걀이 닭이 되듯 꿈을 현실로 만들어라.

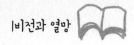

비전과 열망

비전 더하기 열망은 실현이다.

• 짐 에반스

• 짐 에반스 Jim Evans 미국의 야구선수. 심판. 그는 현역에서 은퇴한 후 미국 플로리다 주에 '짐 에반스 심판학교'를 설립하여 운영하고 있다. 한국, 일본, 호주 등 세계 여러 나라에서 심판교육을 받기 위해서 찾아온다. 이곳을 거쳐나간 사람들 중에는 미국프로야구의 꿈의 무대인 메이저리그 심판이 된 이들도 있다고 한다.

#Chapter3   긍정적으로 희망을 꿈꾸자

비전이 없는 사람은 발전이 없습니다. 언제나 같은 자리에서 맴돌거나 남에게 뒤쳐져 초라하게 살아갑니다. 하지만 비전이 있는 사람은 주머니가 가난해도 언제나 활기찹니다. 비전은 사람을 열정적으로 만들고 강하게 만듭니다. 아무리 힘들어도 절대 포기하는 법이 없습니다.

조선 개국 최대의 공신인 삼봉 정도전鄭道傳은 비전으로 가득 찬 사람이었습니다. 썩을 대로 썩고 쇠퇴한 고려를 무너뜨리고 자신의 꿈을 실현할 수 있는 새로운 나라를 세우는 열망으로 가득했습니다. 이성계를 보고 자신의 꿈을 이루는데 가장 적합한 인물로 생각하고 그에게 새로운 나라를 세울 것을 종용합니다. 그리고 마침내 조선을 건국하기에 이릅니다.

정도전은 조선의 근간을 이루는 모든 것들을 설계합니다. 이성계는 정도전이 세운 설계를 바탕으로 조선 500년 장구한 역사의 태조가 되었으며, 정도전은 자신의 품은 꿈을 이룸으로써 비전을 완성합니다.

만일 정도전이 없었다면 우리 역사에서 조선이란 나라는 없었을지도 모릅니다. 그만큼 역할이 컸기 때문입니다. 그가 비전을 이룰 수 있었던 것은 간절한 열망이 더해졌기에 가능했습니다.

자신이 원하는 것을 얻고 싶다면 비전을 가슴에 품으세요. 그리고 뜨거운 열망으로 오늘이 마지막인 것처럼 실행하십시오.

---

* 비전과 열망은 꿈을 위한 한 세트이다. 여기에 실행을 더하라. 그러면 완전한 꿈의 세트가 된다.

꿈을 추구할 용기만 있다면
우리들의 모든 꿈이 실현될 수 있다.

▪ 월트 디즈니

....

▪ **월트 E. 디즈니** Walter Elias Disney (1901~1966) 미국의 만화제작자. 만화가.
월트 디즈니 컴퍼니의 창립자이자 애니메이터, 감독. 그가 만든 '미키마우스'와 '도널드 덕'을 비롯한
60여 개의 캐릭터는 엄청난 부가가치를 낳았다. 〈백설공주(1937년)〉, 〈피노키오(1940년)〉, 〈아기코끼리
덤보(1941년)〉, 밤비(1942년)〉, 〈신데렐라(1950년)〉, 〈이상한 나라의 앨리스(1951년)〉, 〈피터 팬(1953년)〉 같이 동
화에 기반을 둔 애니메이션들을 잇달아 개봉했는데, 그 때마다 그야말로 폭발적인 인기 몰이를 하
게 된다. 그리고 이런 애니메이션들의 인기에 힘입어 테마 파크인 '디즈니랜드'를 만든다. 그는 돈을
벌기 위해 만화를 만드는 것이 아니라, 영화를 만들기 위해 돈을 번다고 말했다. 디즈니는 진정한
예술인의 자세를 지닌 장인이었다.

용기는 인간이 반드시 지녀야 할 품성입니다. 용기는 자신의 의지를 뒷받침해 주는 강력한 지원자와 같습니다. 용기 있는 자가 어떤 일에서든 주도권을 잡게 되고, 뜻을 관철시키는 법입니다. 그만큼 용기는 매우 중요한 마인드입니다.

고구려 시대 때 당나라는 기회만 있으면 쳐들어왔습니다. 하지만 한 번도 고구려를 이겨 본적이 없습니다. 당나라가 고구려 평양성으로 오기 위해서는 안시성을 무너뜨려야 하는데 안시성은 난공불락 천혜의 요소였기 때문입니다. 그런데다 양만춘楊萬春이라는 명장이 성주로 있었습니다. 당나라는 무려 백만 대군이라는 어마어마한 군대와 병기로 무장한 강군이었습니다.

군대와 병장기의 규모로만 본다면 하늘과 땅이었지만 양만춘 장군은 눈 하나 까딱하지 않았습니다. 그에게는 하늘을 뚫을 듯한 용기와 지략이 있었습니다. 마침내 싸움이 시작되었습니다. 당나라는 거세게 공격했지만, 죽기를 각오하고 싸우는 양만춘 장군을 이길 수 없었습니다. 당나라는 수많은 병사를 잃고 병장기를 빼앗긴 채 물러나고 말았습니다. 세계 전쟁사에서도 유래를 찾아볼 수 없는 완벽한 대승이었습니다.

양만춘 장군이 중과부족인 상황에서도 당나라를 이길 수 있었던 것은 확고한 의지와 불길처럼 치솟는 용기를 지녔기 때문입니다. 용기에 의지를 더하면 천하무적입니다. 용기와 열망으로 가슴을 가득 채우는 10대가 되세요.

* 용기는 불가능을 가능하게 하는 착한 마인드이다. 용기가 부족하다 싶으면 용기를 길러라. 용기 있는 자가 꿈을 이룬다.

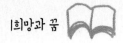

|희망과 꿈

희망은 꿈이 아니라
꿈을 실현하는 방법이다.

• 수에넨스

• **수에넨스**Leo Jozef Cardinal Suenens (1904~1996) 벨기에 출신 추기경. 바티칸 제2공회의 4명의 중재자들 중 한 사람이다. 그는 꿈과 희망을 주는 명언을 비롯해 시를 짓는 등 문학적 재능을 지녔다. 특히 그의 시 〈기도〉는 많은 사람들이 좋아하는 시이다. 그는 이 시에서 긍정적이고 능동적인 사랑을 통해 믿음 안에서 진실하고 아름다운 삶을 살아가기를 소망한다. 주요저서로 《성령은 나의 희망》, 《우리의 마음에 드는 사람》이 있다.

2002년 한일 월드컵이 치러지기 전까지 우리나라는 조별 예선에서 매번 탈락하는 팀이었습니다. 아시아에서는 최고 팀이었지만 이웃 일본에도 밀리는 상황이었습니다. 일본은 트루시에 감독이 세계청소년월드컵 준우승, 아시안컵 우승을 이끌어 2002년 월드컵 전망을 밝게 하고 있었습니다. 만일 공동 개최국인 일본은 16강에 올라가고 우리나라는 탈락한다면 자칫 한일월드컵이 아니라 일본월드컵으로 인식되고 말 것이라는 위기감이 팽배했습니다. 역대 개최국이 예선에서 떨어지는 사례가 없었는데 유로 2000을 네덜란드와 벨기에가 공동 개최했다가 벨기에가 예선 탈락하고 네덜란드가 4강까지 올라가는 일이 발생합니다. 다급해진 축협은 남의 잔치가 될 것을 우려하여 허정무 감독을 해임하고 1류 외국인 감독 거스 히딩크Guus Hiddink를 데려옵니다. 체력은 뛰어나지만 기술이 떨어진다고 생각해온 한국 축구 관계자들은 일본과의 친선전을 보고 '한국은 기술은 뛰어나나 체력이 떨어진다'는 히딩크의 말에 고개를 갸우뚱했습니다. 1년 후 프랑스와 체코와의 경기에서 5대 0으로 지면서 사기꾼을 데려온 것이 아닌가 싶었던 사람들은 히딩크를 오대영 감독이라고 놀리며 비아냥댔지요. 당시 우리나라는 세계 주류 전술인 압박축구를 제대로 구현해내지 못했고 그 이유를 히딩크는 체력으로 보고 있었습니다. 주위 압박에도 굴하지 않고 자신의 진단대로 체력이라는 처방전으로 2002년 국가대표팀을 조련해 냈고 마침내 4강에 올라 꿈은 이뤄질 수 있었던 것입니다.

* 꿈과 희망을 이루기 위해서는 자신의 문제점을 정확히 진단하여 인내를 가지고 꾸준히 향상시키도록 노력해야 합니다.

희망은 사람을 배신하지 않는다

희망은 절대 당신을 버리지 않는다.
다만 당신이 희망을 버릴 뿐이다.

• 리처드 브리크너

• **리처드 브리크너**Richard Brickner (1933~2006) 미국의 소설가. '희망은 절대 당신을 버리지 않는다. 다만 당신이 희망을 버릴 뿐이다.' 이 말은 그의 소설 《망가진 날들》에서 나온 것을 발췌한 것이다. 희망을 잃지 않으면 희망 또한 그 사람을 버리지 않는다. 어떤 상황에서도 희망을 버려서는 안 된다는 것을 리처드 브리크너는 소설을 통해 강조한다. 주요작품으로 《망가진 날들》이 있다.

희망이 있는 한 누구든 자신의 꿈을 이룰 수 있습니다. 희망은 희망을 간직한 사람을 절대로 배신하지 않기 때문입니다. 희망은 인간이 살아가는 이유이자, 과정이자, 목적이기도 합니다. 그런데 우리 사회에는 희망을 잃고 힘겨워하는 이들이 많습니다. 희망을 다시 찾는다면 용기를 내게 되고, 꿈을 향해 나아갈 수 있습니다. 어떤 상황에서도 자신을 지켜내기 위해서는 희망을 잃어서는 안 됩니다.

랍비 아키바가 여행을 하고 있었습니다. 나귀와 개와 조그만 램프를 가지고 있었습니다. 아키바는 헛간을 발견하고 잠자기 이른 시간이라 책을 읽는데 갑자기 바람이 불어 램프 불이 꺼지고 말았습니다. 하는 수 없이 그는 잠자리에 들었습니다. 그런데 여우가 나타나서 개를 죽이고, 사자가 나타나서는 나귀를 죽이는 것이었습니다.

이튿날 아키바는 어떤 마을에 도착했지만 사람들이 보이지 않았습니다. 간밤에 도적 떼가 나타나서 사람들을 다 죽였다는 것입니다. 만일, 개와 나귀가 죽지 않았다면 개와 나귀로 인해 그도 죽었을 것입니다.

아키바는 이를 통해 '최악의 상황에서도 인간은 희망을 잃으면 안 된다. 나쁜 일이 좋은 일에 연결될 수 있음을 믿어야한다'는 것을 깨달았습니다.

희망은 희망을 품고 노력하는 사람을 좋아합니다. 희망과 밥을 먹고, 희망과 길을 가고, 언제나 희망과 함께하세요.

＊ 최악의 상황에서도 희망을 절대 포기하지 마라. 희망을 잃지 않으면 반드시 길이 열린다.

희망으로 가득 찬 사람과 교류하라.
창조적이고 낙관적인 사람과 소통하라.
긍정적이고 능동적으로 행동하라.
그리고 그런 사람을 자신의 주변에 배치하라.

• 노만 V. 필

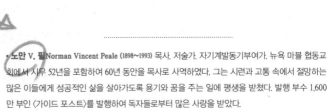

• **노만 V. 필**Norman Vincent Peale (1898~1993) 목사. 저술가. 자기계발동기부여가. 뉴욕 마블 협동교
회에서 시무 52년을 포함하여 60년 동안을 목사로 사역하였다. 그는 시련과 고통 속에서 절망하는
많은 이들에게 성공적인 삶을 살아가도록 용기와 꿈을 주는 일에 평생을 받쳤다. 발행 부수 1,600
만 부인 〈가이드 포스트〉를 발행하여 독자들로부터 많은 사랑을 받았다.
그의 대표작인 《적극적인 사고방식》은 현재 42개 언어로 번역되어 2,000만 부 이상이 팔린 초대형
베스트셀러이다. 그 외의 저서로는 《세상과 나를 움직이는 삶의 기술》 등 45권의 저서가 있는데, 대
부분의 책이 번역되어 전 세계적으로 널리 읽히고 있다.

근묵자흑近墨者黑 과 근주자적近住紫的 이란 말이 있습니다. 이 말의 뜻은 검은 것에 가까이하면 검게 되고, 붉은 것에 가까이 하면 붉게 된다는 말입니다. 즉 어떤 사람과 가까이하느냐에 따라 그 사람의 말과 행동 그리고 생각이 변한다는 말입니다. 좋은 품성을 가진 사람을 가까이하면 좋은 품성을 닮게 되고, 나쁜 습관을 가진 사람을 가까이하면 나쁜 습관을 닮게 된다는 것입니다.

희망으로 가득 찬 사람과 교류를 하는 것이 좋습니다. 그 사람의 좋은 점을 배우게 되고, 그로 인해 희망적인 사람으로 거듭 날 수 있습니다. 창조적이고 낙관적인 사람과 소통해야 합니다. 그러면 창조적인 마인드를 기르게 되고, 낙관적인 성격도 배우게 될 것입니다. 이렇게 좋은 점을 몸에 익히게 되면 긍정적이고 능동적으로 행동하게 되어 무엇을 하든 자신 있게 할 수 있게 됩니다.

부정적인 사람을 가까이하면 부정적인 사람으로 변하게 되고, 게으른 사람과 가까이 하다 보면 자칫 게을러지기 쉽습니다. 그러기 때문에 좋은 품성을 가진 사람과 교류해야 합니다.

10대는 한창 몸과 마음이 자라나는 중요한 시기이니 희망으로 가득 찬 친구를 가까이한다면 자신의 꿈을 이루는데 큰 도움이 될 것입니다.

* 사람은 누구를 만나느냐에 따라 영향을 받는다. 사람은 환경의 지배를 받는 동물이기 때문이다.

어떤 불행이 닥쳐도
우리들의 희망의 태양을 마음에서 버리면 안 된다.
항상 낙천적일 것,
즉 운명을 즐겨라.
그것이 우리를 행복으로 인도해줄 신앙이다.
오늘을 훌륭히 살아가는 것이
내일의 희망을 찾아내는 일이며,
내일의 희망이 있어야 우리는 밝게 살아갈 수 있다.
현재를 한탄하고 슬퍼하는 것은
결국 불행을 초래한다.

▪ 헬렌 켈러

....

▪**헬렌 켈러**Helen Adams Keller (1880~1968) 미국 출생. 교육자, 사회주의 운동가. 작가. 헬런
켈러는 정상적으로 태어났지만 심한 열병으로 시력과 청력을 잃어버리고 말도 할 수 없었다. 그녀
의 운명이 바뀌기 시작한 것은 앤 설리번을 가정교사로 맞고 나서다. 헬런 켈러는 설리번으로부터
철저하게 교육을 받고, 펄킨스 시각장애학교에 입학하여 공부를 마친 후 케임브리지학교를 나와
레드클리프 대학교에 입학하여 좋은 성적으로 졸업하였다. 그녀는 사회운동을 통해 장애인들의 권
익과 여성들의 참정권을 주장하고 자유와 평화를 위해 노력하였다. 장애의 몸으로 사회주의 운동
가로 교육자로 작가로 열정적인 삶을 살았던 헬런 켈러는 많은 사람들에게 귀감이 되는 성공적인
인생을 살았던 불굴의 여성이다. 프랑스 레지옹도뇌르 훈장 수훈(1952), 자유의 메달(1964)을 받았다.
주요저서로 《사흘만 볼 수 있다면》, 《나의 스승 설리번》 외 다수가 있다.

헬렌 켈러는 정상적으로 태어났지만 심한 열병을 앓는 바람에 시력과 청각을 잃었습니다. 그로 인해 말도 할 수 없었지요. 하지만 그녀는 가정교사인 설리번의 희생적인 사랑과 가르침으로 새롭게 거듭날 수 있었습니다. 그녀는 매사에 적극적이었고, 장애란 조금 불편할 뿐 자신의 꿈을 이루는 데는 하등에 문제가 없다고 생각했습니다.

그러나 정상적인 사람보다 몇 배, 몇십 배는 더 노력해야 하니 그 고충이란 말로 다할 수 없었습니다. 그럼에도 그녀는 자신의 꿈을 실행하기 위해 도전을 멈추지 않았습니다. 도전을 멈추는 순간 자신의 꿈은 물거품이 되고 말 거라는 생각에서였습니다.

헬렌 켈러는 사회주의 운동가로, 교육자로 열정적인 삶을 살았습니다. 그리고 《내가 사는 세계》, 《내 어둠 속의 빛》 등 12권의 책을 출간함으로써 작가로서의 입지를 굳히며 많은 사람들에게 감동을 주었습니다.

그리고 헬렌 켈러는 많은 여행을 통해 긍정적이고 희망적인 삶에 대해 전했으며, 전쟁을 반대하고, 이주노동자의 인권을 보호하고 인종차별정책에 적극 대응하여 인권운동가로서의 역할을 훌륭히 해냈습니다. 그녀가 성공적인 인생이 될 수 있었던 것은 그녀의 말대로 '희망의 태양'을 품고 매사를 긍정적으로 실행했기 때문입니다.

'희망의 태양'을 품고 최선을 다하는 10대가 되십시오.

---

* 어떤 상황에서도 '희망의 태양'을 버리지 않는 한 꿈은 이루어진다.

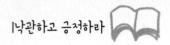
무슨 일이든 낙관하라,
긍정적으로 생각하라.

• 정주영

• **정주영**鄭周永 (1915~2001) 강원도 통천에서 출생. 현대그룹 창업주. 가난한 시골 장남으로 태어나 부둣가 막노동으로 출발하여 쌀가게 배달부를 거쳐 쌀가게주인으로 자동차 수리업자로 그리고 건설업을 하며 정직과 신용으로 경제적 발판을 마련하며 우리나라 최대기업인 현대그룹 CEO가 되었다. 그는 우리나라 경제계에서 최고의 수장인 전국경제인연합회 회장을 무려 다섯 번이나 연임한 그야말로 우리나라 경제계의 전무후무한 전설이다. 그가 맨주먹으로 성공할 수 있었던 것은 '길이 없으면 길을 찾고, 찾아도 없으면 만들면 된다'는 불굴의 의지와 도전정신에 있다. 제14대 국회의원. 전국경제인연합회 회장(제13대~17대). 제27대 대한체육회장. 국민훈장 동백장 수훈(1981). 국민훈장 무궁화장 수훈(1988). 제5회 만해상 평화상(2001), DMZ 평화상 대상 수상(2008)하였다.

이탈리아의 어떤 소년이 축구를 하다 눈을 다쳐 시력을 잃고 말았습니다. 소년은 앞이 보이지 않는 답답하고 힘든 생활을 의지 하나로 버티며, 열심히 자신의 길을 열어가기 위해 노력에 노력을 거듭하였습니다. 피사 대학에 진학하여 법률을 공부했고 법학박사 학위를 취득하고 변호사가 되어, 여러 해 동안 법률가로 지냈습니다.

그러나 그의 가슴 속에는 노래에 대한 열망이 넘쳤습니다. 음악의 열정을 감추지 못해 전설적인 테너 프랑코 코델리Franco Corelli를 찾아가 그의 문하생이 되었습니다. 1992년 이탈리아를 대표하는 록스타 주케로Zucchero와 인연이 되어, 주케로의 데모 테입 제작을 위해 그와 함께 〈미세레레Miserere〉라는 노래를 불렀는데, 그의 노래를 듣고 테너 루치아노 파바로티Luciano Pavarotti는 감탄하며 칭찬을 아끼지 않았다고 합니다.

그 후 널리 알려지기 시작했고 여기저기서 초청받고 연주회를 여는 등 바쁘게 지내며 세계적인 테너가 되었습니다. 인생이 완전히 바뀌고 만 것입니다. 이제 그는 누구보다도 행복해하며 살고 있습니다. 그의 이름은 안드레아 보첼리Andrea Bocelli입니다.

그가 최악의 상황에서도 자신을 지켜내며 자신의 꿈을 이뤄낼 수 있었던 것은 낙관적인 성격에서 오는 긍정의 마인드를 가졌기 때문입니다. 낙관적인 마음을 기르세요. 낙관적인 마음은 성공의 마음입니다.

* 낙관적인 사람은 어려운 일을 겪어도 잘 극복해낸다. 낙관적인 성격은 긍정의 에너지가 넘치기 때문이다.

할 수 있다는 믿음 갖기

할 수 있다는 믿음을 가지면
그런 능력이 없을지라도
결국에는 할 수 있는 능력을 갖게 된다.

• 마하트마 간디

• **마하트마 간디**Mahatma Gandhi (1869~1948) 인도의 민족운동 지도자. 무저항주의자. 인도의 작은 소공국인 포르반다르 총리를 지낸 아버지 카람찬드 간디 셋째아들로 태어났다. 간디의 부모는 철저한 힌두교 신자로 부모의 영향을 받은 간디는 어린 시절부터 정직과 성실성이 몸에 배었다. 간디는 영국으로 유학을 하여 법률을 공부하고 변호사 자격을 취득하였다. 그는 인도로 돌아온 후 남아프리카공화국에서 변호사로 일했다. 그러던 어느 날 기차를 타고 가다 백인 차장으로부터 심한 모욕을 받고 차별받는 동포들을 위해 정치가로 삶을 바꾼다. 인도로 돌아온 그는 인도 독립을 위해 목숨을 걸고 무저항으로 투쟁한 끝에 인도의 독립을 이끌어내 인도독립의 아버지로 추앙받는다. 주요저서로 《인도 자치》, 《윤리종교》가 있다.

마음은 사람에게 있어 삶을 지탱하는 중심과도 같습니다. 중심이 튼튼하면 어떤 상황에서도 흔들리지 않습니다. 그러나 중심이 부실하면 뿌리 약한 나무와 같이 작은 어려움에도 쉽게 무너지고 맙니다.

'모든 것은 마음먹기에 달렸다'는 말이 있습니다. 이는 마음의 자세를 어떻게 갖느냐에 따라 일의 결과가 달려있다는 말입니다. 때문에 마음의 자세를 반듯하게 갖는 것은 매우 중요합니다.

프랑스의 사라 문Sarah Moon이 화려한 패션모델을 그만두고 사진작가가 된 것은 사진의 매력에 푹 빠져서도 그렇지만 패션모델은 한때의 직업일 뿐 나이 들어서는 할 수 없다고 생각해서입니다. 그녀는 사진기술을 익혀 자신만의 개성을 살리는데 주력했습니다. 그녀의 작품세계는 환상적이고 동화적입니다. 사실적인 것을 찍되 그것에 환상을 입히는 것이 그녀만의 장점입니다. 일흔이 넘은 나이에 그런 환상적인 작품세계를 보일 수 있는 것은 참 대단한 일입니다. 사라 문이 자신만의 스타일을 매우 중요하게 여기며 활발하게 활동하고 있는 것은 할 수 있다는 믿음을 가졌기에 가능했습니다.

무슨 일을 할 땐 매사에 할 수 있다고 생각하세요. 그러면 능력이 없을지라도 능히 할 수 있게 됩니다.

---

* 할 수 있다는 마음은 불가능한 일도 하게 한다. 모든 것을 할 수 있다는 믿음을 갖고 실행하라.

긍정적인 태도는 강력한 힘을 갖는다.
그 어느 것도 그것을 막을 수 없다.

▪ 매들린 렝글

▪ **매들린 렝글Madeline L'Engle (1918~2007)** 미국의 아동작가. 미국 스미스 칼리지에서 영문
학을 전공하였다. 그는 다른 별에도 인간과 같이 생각하는 존재가 있을 것을 가정하여 '시간 5부작'
으로 집필하였다. 제 1권은 《시간의 주름》, 제 2권은 《바람의 문》, 제 3권은 《급속히 기울어지는 행
성》, 제 4권은 《대홍수》, 제 5권은 《허용된 시간》이다. 그는 이 작품으로 뉴베리상, A–V 학습상, 미
국 도서상, 뉴베리 아너상, 미국도서관 협회가 청소년 문학에 크게 공헌한 작가에게 주는 '마거릿
A. 에드워즈 상'과 미국대통령이 수여하는 '내셔널 휴머니스트 메달'을 받았다. 소설, 동화, 희곡,
시, 수필 등 다양한 장르에서 활발히 집필하여 주요작품 《시간의 주름》 외 60여 권의 저서가 있다.

어려운 환경 속에서도 자신을 극복하고 성공한 사람들에겐 몇 가지 공통점이 있습니다. 첫째는 긍정의 힘이 매우 강하다는 것입니다. 긍정은 모든 것을 가능하게 합니다. 둘째는 자기 확신이 매우 강하다는 것입니다. 자기 확신은 자신이 하는 일이 반드시 잘 될 수 있다는 굳건한 믿음입니다. 셋째는 매사를 낙관적으로 생각한다는 것입니다. 낙관하는 마음은 부정적 요소를 몰아내고 기분 좋은 에너지로 넘치게 하는 즐거운 마음입니다. 넷째는 창의적인 생각으로 새로운 것에 대한 열망이 강하다는 것입니다. 창의적 생각은 현재에 안주하지 않고 지금과 다른 것을 시도하게 합니다. 다섯째, 실패를 두려워하지 않는다는 것입니다. 실패를 두려워하면 자신이 하는 것을 자신 있게 할 수 없는데 두려워하지 않으므로 주저하지 않고 할 수 있습니다. 여섯째, 자신의 성공은 자신만의 것이 아니라고 생각합니다. 자신은 물론 이웃과 사회, 인류를 위한 것이라고 생각합니다.

스코틀랜드 이민자로 강철 왕이 된 앤드루 카네기Andrew Carnegie, 가난한 소년에서 미국 최고의 자동차 회사인 포드를 설립한 헨리 포드Henry Ford, 헝가리 이민자로서 정직한 보도를 원칙으로 하여 성공한 조셉 퓰리처Joseph Pulitzer 등은 이 여섯 가지의 마인드로 자신을 최고의 인생으로 만들었습니다.

언제나 긍정적인 마음으로 노력하세요. 긍정의 마음은 꿈을 이루게 하고 행복을 선물하는 기쁨의 파랑새입니다.

＊ 어려운 환경 속에서 성공한 사람들은 환경을 탓하지 않고, 자신이 성공하는 데 있어 필요한 디딤돌로 삼았다.

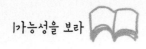

인생은 가능성으로 가득 차 있다.

• 브라이언 트레이시

• **브라이언 트레이시**Brian Tracy (1944년~　) 캐나다 출생 컨설턴트. 자기계발동기부여가. 강연가이
자 저술가이다. 브라이언 트레이시는 집이 가난하여 고등학교도 마치지 못했다. 그는 먹고살기 위
해 어린 나이에 조그만 호텔에서 접시 닦는 일을 했다. 그 후 몇 년 동안 여기저기를 떠돌며 온갖 막
노동을 하며 겨우 생계를 유지하였다. 그러다 그는 배워야 한다는 일념으로 심리학, 철학, 경제학,
경영학 등 자신의 꿈을 이루는 데 도움이 되는 책들을 읽으며 공부하였다. 그리고 그는 대학에서
하는 프로그램에 참여하여 열심히 강의를 들었다. 배움만이 자신의 꿈을 더욱 구체화 시킬 수 있
고, 힘이 되어준다는 사실을 깨달았기 때문이다. 그는 자신만이 터득하고 확립한 지식을 바탕으로
하여 성공할 수 있었다. 주요저서로 《전략적 세일즈》, 《판매의 심리학》, 《잠들어 있는 성공시스템을
깨워라》, 《위대한 기업의 7가지 경영습관》 외 다수가 있다.

신은 인간에게 무한한 가능성을 주었습니다. 사람은 저마다의 재능이 있는데 이 재능은 무한한 가능성을 실현시키는 중요한 요소입니다.

그런데 사람들 중엔 자신의 재능을 살리지 못하고 묵히는 이들이 있습니다. 그리고 자신을 쓸모없는 사람이라고 비관합니다. 이런 사람은 소중한 보석을 두고도 그냥 지나치는 것과 같습니다.

한때 노숙자에서 최고의 자기계발 동기부여가 된 브라이언 트레이시를 보면, 어린 시절 너무도 가난해서 허드렛일을 하며 먹을 것을 구했습니다. 비전이라고는 찾아볼 수 없었습니다.

그는 자신을 불행하다고 여기지 않았습니다. 어려운 생활 속에서도 자신에게도 분명히 무엇인가 할 일이 있을 거라고 믿었습니다. 그리고 세일즈맨이 되었습니다. 수개월 동안 실적이 저조했습니다. 프로세일즈맨을 찾아가 세일즈기법을 배웠습니다. 곧 자기만의 기법을 만들어 큰 성과를 올리게 됩니다. 자신감을 얻은 그는 수많은 책을 읽고 폭넓은 상식을 길렀으며 이를 토대로 자신만의 기법을 책으로 쓰고 강연하면서 크게 성공하게 됩니다.

가난한 노숙자에서 자신의 가능성을 발견하여 사람들에게 성공학을 강연하며 꿈을 준 브라이언 트레이시처럼 사람들에게는 자신만의 가능성이 있습니다. 이를 찾아내 열정을 바쳐 계발한다면 성공해서 행복한 인생이 될 것입니다.

* 사람은 저마다 가능성을 지닌 존재이다. 다만 자신에게 있는 가능성을 발견하지 못할 뿐이다. 가능성은 신이 주신 소중한 선물이다.

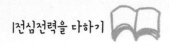

전심전력으로 일에 매진하라.
그러면 경쟁상대가
별로 없어 쉽게 성공할 것이다.

• 엘버트 허바드

....

• **엘버트 허바드**Elbert Hubbard (1859~1915) 미국의 수필가이자 출판인이다. 젊은 시절 세일즈맨으로 성공하였으나 출판사 '로이크로프트Roycroft'를 설립하였다. 스페인과 미국이 벌인 전쟁당시의 일화를 소재로 한 에세이 '가르시아 장군에게 보내는 편지'를 자신이 발행하는 잡지 《필리스틴》에 소개하여 극심한 경제공황에 빠져있던 미국사회에 엄청난 반향을 불러일으켰다. 그러나 1915년 독일 잠수함의 습격을 받은 유람선 '루시타니아호'와 함께 생을 마감하였다. 잡지 《필리스틴》, 《프라》를 발행하였으며, 주요저서로 《가르시아 장군에게 보내는 편지》가 있다.

긍정적으로 희망을 꿈꾸자

백수의 왕 사자는 작은 먹잇감을 사냥할 때도 전심전력을 다한다고 합니다. 그럼에도 사냥성공률은 약 30퍼센트 정도라고 합니다. 그런데 전심전력을 다하지 않는다면 어떻게 될까요. 아무리 백수의 왕이라고 해도 굶어 죽거나 다른 동물이 사냥한 먹이를 빼앗아 먹어야 합니다.

사람도 마찬가지입니다. 전심전력을 다해야 할 때 최선을 다하면 반드시 좋은 결과를 얻게 됩니다.

2014년 소치 동계올림픽 쇼트트랙 3,000미터 여자 계주에서 우리나라는 막판에 중국한테 역전을 허용했습니다. 배턴을 이어 받은 마지막 주자는 팀의 막내인 심석희였습니다. 이제 두 바퀴만 돌면 금·은·동이 가려지는 순간이었습니다. 보는 사람들의 마음도 조마조마했습니다.

그런데 놀라운 일이 일어났습니다. 심석희가 전심전력을 다해 중국선수를 앞지른 것이었습니다. 마치 전광석화와도 같았습니다. 그리고 결과는 대한민국의 우승이었습니다. 우리나라는 심석희의 놀라운 집중력과 전심전력에 힘입어 금메달을 따냈습니다.

무슨 일을 하더라도 전심전력을 다하는 자세가 필요합니다. 특히, 막바지에 이르러서는 더욱 전심전력을 다해야 합니다. 전심전력을 다하면 뜻하지 않은 좋은 결과를 얻는 경우가 많습니다. 전심전력은 최후의 순간까지도 다해야 하는 참 좋은 마인드입니다.

＊ 끝까지 최선을 다하는 것을 전심전력이라고 한다. 전심전력이 좋은 결과를 내는 것은 그 순간 모든 에너지를 다 쏟아 붓기 때문이다.

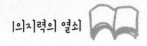

의지력의 열쇠는 욕구다.
무언가를 절실히 원하는 사람들은
대개 성취를 위한
의지력을 찾을 수 있다.

• 에디 로빈슨

• **에디 로빈슨**Eddie Robinson 미국의 풋볼 감독. 미국 대학 풋볼리그에서 최다승 기록을 세우고 수많은 미국 프로 풋볼(NFL) 스타를 키워낸 전설적인 감독이다. 흑인인 그는 약관의 22세이던 1941년 루이지애나주 그램블링 주립대 풋볼팀 감독을 맡았을 만큼 탁월했다. 그는 1997년 은퇴할 때까지 55시즌 동안 408승 165패 15무승부를 기록했다. 그는 전국흑인대학챔피언십을 9차례나 기록했다. 1949년 제자인 폴 영거를 로스앤젤레스 램스와 계약시켜 NFL 사상 첫 흑인선수의 진출을 성사시킨 것으로 유명하다. 그의 제자 중 200여 명이 NFL에 진출하고, 이들 가운데 윌리스 데이브스 등 4명이 프로 풋볼 명예의 전당에 가입했다. 로빈슨은 풋볼을 위해 태어난 사람이란 찬사를 받을 만큼 풋볼에 관한 한 단연 최고의 감독이다.

목표를 이루는 강력한 마인드를 의지라고 합니다. 의지는 목표를 이루고자 하는 욕구가 강할 때 더욱 강하게 작용합니다. 왜 그럴까요. 욕망이 잠재되어 있는 에너지까지 끌어내기 때문입니다. 이는 마치 강철처럼 강해서 강철 의지라고 합니다.

고구려가 멸망하고 고구려유민들은 정처 없이 떠돌았습니다. 당나라 사람들에게 핍박받는 것은 보통이고 심지어는 죽임까지 당했습니다. 나라 없는 설움은 뼛속까지 사무치게 했습니다.

이런 상황에서 나라를 세우려는 꿈을 꾸는 젊은이가 있었습니다. 그는 자신과 뜻이 맞는 사람들을 자신 곁에 두었습니다. 그는 적과 싸워 이기기 위해 군사를 훈련시키며 힘을 키워나갔습니다. 그가 그렇게 되기까지는 많은 시련도 있었습니다. 그는 당나라에 끌려가 숱하게 죽을 고비를 겪다가 탈출했습니다. 이때 깨달은 것이 힘을 길러 새로운 나라를 세우는 것이었습니다.

마침내 그는 광활한 대지 위에 국호를 발해라고 하여 나라를 세웠습니다. 그가 바로 대조영大祚榮입니다. 발해는 해동성국이라 불리며 200년이 넘게 존속한 강력한 나라였습니다.

대조영이 노예생활을 하는 등 최악의 상황에서도 힘을 모아 건국할 수 있었던 것은 나라를 세워야 한다는 욕구가 의지를 불살랐기 때문입니다. 자신의 꿈을 이루고 싶다면 강철 의지를 길러 실행하십시오.

＊ 욕구가 강한 사람이 더 악착같고, 의지가 강하다. 욕구는 의지를 강하게 이끌어내는 원천이기 때문이다.

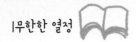
인간은
무한한 열정을 쏟는 일에서는
거의 반드시 성공한다.

• 찰스 슈왑

• 찰스 슈왑 Charles Schwab 미국 철강회사 CEO 역임. 찰스 슈왑은 앤드루 카네기의 철강회사 책임
자로 일했다. 그는 카네기로부터 연봉으로 100만 달러를 받았다. 이 액수는 1920년대 당시에는 어
마어마한 돈이었다. 그가 카네기로부터 그처럼 거금의 연봉을 받은 이유는 그만한 대접을 받을 만
한 가치가 있는 사람이었기 때문이다. 찰스 스왑은 철강에 관한 지식이 경영자인 카네기보다는 몇
수 위였다. 또한 그는 직원들을 능숙하게 다루는 리더십을 가지고 있었다. 찰스 스왑의 탁월한 리더
십으로 회사의 생산성은 날로 높아만 갔고, 그런 만큼 회사의 경영은 좋아졌다. 카네기는 바로 이
점을 높이 평가한 것이다. 찰스 스왑의 뛰어난 리더십 가운데 돋보인 것은 다름 아닌 직원들과의 원
활한 소통이었다. 그는 미국실업계에서 최초로 연봉 백만 달러를 받은 것으로 유명하다.

노력 없이 잘 되기를 바란다면 그림 속의 꽃에서 향기를 맡으려는 것과 같습니다. 이는 불가능한 것입니다. 그런데도 허황한 생각을 하는 사람들이 많습니다. 자신의 인생이 잘못될 수도 있습니다. 만일 10대들이 이런 생각을 한다면 큰 문제입니다. 왜냐하면 허황한 생각을 자꾸 하다 보면 잘못된 생각으로 자신의 능력을 소멸시킬 수 있습니다.

찰스 스왑은 성실할 뿐만 아니라 사람들과의 소통을 잘한 것으로 유명합니다. 그는 앤드루 카네기의 철강회사 관리자로 근무했는데 카네기는 그에게 연봉으로 백만 달러를 주었습니다. 카네기가 당시로선 엄청난 연봉을 그에게 준 것은 그의 능력이 워낙 뛰어났기 때문입니다. 그는 직원들 누구에게도 친절했고, 칭찬을 잘했으며, 격려하는 능력이 좋았습니다. 그러자 직원들은 회사 일을 내일같이 열심히 하였습니다. 그 결과 회사는 날로 발전하였으며 최고의 철강 회사가 되었습니다.

찰스 스왑은 자신의 일에 관한 한 매우 성실했으며 무한한 열정을 쏟았습니다. 그의 열정은 그를 최고의 연봉을 받는 사람이 되게 했습니다.

열정으로 가득 넘치는 10대가 더 행복하고 자긍심이 큽니다. 자신이 무엇을 하든 열정을 쏟아 부어보세요. 열정은 사람을 속이지 않습니다.

---

* 열정은 무슨 일에서든 반드시 필요하다. 열정은 자신의 삶을 자신이 원하는 데로 데려다 주는 안내자이다.

*
우리는 늘 기쁨을 주는 사람이 되어야 한다.
기쁨을 주는 사람의 표정은
꽃보다 아름답고 맑고 곱다.
그래서 기쁨을 주는 사람을 보고 있으면
괜스레 가슴이 따뜻해지고 희망을 품게 된다.

*
꿈이 커야 큰 인생이 된다.
꿈의 동그라미를 자기 몸만 하게 그리면
꼭 그만큼만 이루게 되고,
자기 방만큼 그리면 꼭 그만큼만 되고,
학교 운동장만큼 그리면
꼭 그만큼만 이루게 된다.

*
사람은 누구나
자신의 인생을 조각하는 조각가이다.
조각가가 어떻게 스케치를 하고
조각을 하느냐에 따라 최고의 조각품이 될 수도 있고,
최하의 조각품이 될 수도 있다.
이왕이면 최고의 조각품이 되어야한다.
자신의 인생을
최고로 조각하는 인생의 조각가가 되라.

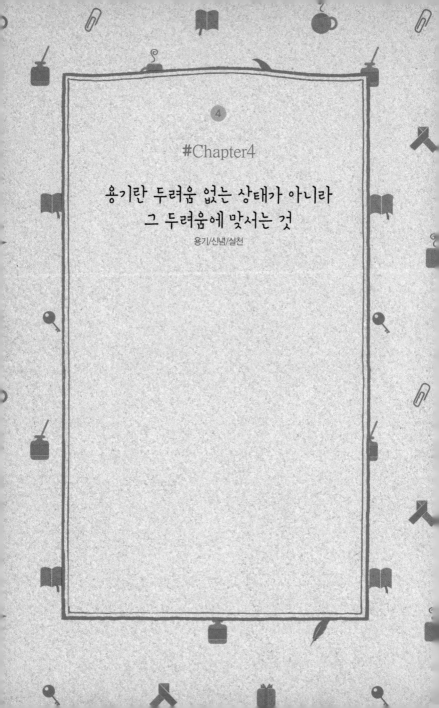

④

#Chapter4

용기란 두려움 없는 상태가 아니라
그 두려움에 맞서는 것

용기/신념/실천

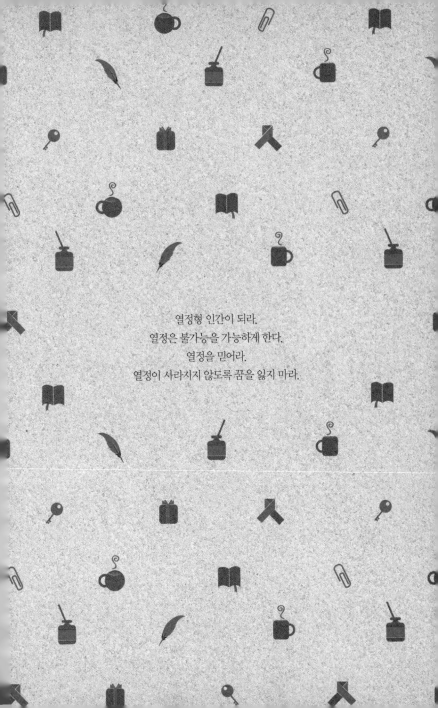

열정형 인간이 되라.
열정은 불가능을 가능하게 한다.
열정을 믿어라.
열정이 사라지지 않도록 꿈을 잃지 마라.

용기 있는 사람은
적이라 할지라도
나는 그를 존경한다.

· 나폴레옹

· **나폴레옹 보나파르트**Napoleon Bonaparte (1769~1821) 프랑스 황제. 나폴레옹은 코르시카에서 태어났다. 어린 시절 책 읽는 것을 좋아해 많은 책을 읽었다. 그는 육군사관학교에 입학하여 4년 과정을 11개월 만에 마쳤다. 16세의 어린 나이에 육군사관학교를 졸업한 그는 포병 소위로 임관하였다. 그 후 왕당파 반란군을 진압하여 대위에서 사단장으로 초고속으로 승진하였다. 이탈리아 원정군 사령관이 된 그는 이탈리아, 오스트리아를 점령하여 자신의 위상을 높여나갔다. 그는 자신에게 주어진 임무를 완수함으로써 믿음과 신뢰를 주었으며, 1804년 프랑스황제로 등극하여 1815년까지 재위하였다. '나의 사전엔 불가능은 없다'는 말로 유명하며, 전쟁터에 책을 가지고 다니면 읽을 만큼 다독가로 유명하였다.

용기란 두려움 없는 상태가 아니라 그 두려움에 맞서는 것

프랑스의 영웅 나폴레옹Napoleon Bonaparte은 '나의 사전에 불가능은 없다'고 말할 정도로 도전정신이 강하고 용기백배한 인물이었습니다. 강인한 의지와 용기로 하는 전쟁마다 승리로 이끌어 프랑스 국민들로부터 열렬한 지지를 받았습니다. 그의 용맹성은 사자와 같았고, 지략은 여우를 닮았습니다.

남아프리카공화국을 민주국가로 만든 넬슨 만델라Nelson Mandela는 진취적인 용기로 유명하다. 그는 백인 정부에 맞서 죽음을 불사하고 투쟁하였기 때문에 백인정부는 그를 무려 27년 동안이나 감옥에 가둬두었다.

하지만 만델라의 자유와 평화에 대한 신념을 꺾지 못했습니다. 감옥에서 나온 만델라는 백인정부와 협상을 통해 민주주의 방식의 선거를 거쳐 흑인으로는 최초의 대통령이 되었습니다. 그는 자신을 죽음으로 내몰았던 사람들을 용서하고 화해함으로써 진정한 승리자가 되었습니다. 그가 보인 위대한 행동이야말로 진정한 용기입니다.

나폴레옹이 '적이라도 용기 있는 자를 존경한다'고 말한 것은 용기 있는 자는 범접할 수 없는 힘을 지니고 있는 까닭입니다.

용기는 인간이라면 반드시 갖춰야 할 소중한 성공요소임을 잊지 마세요.

---

* 용기는 적극성을 심어주고, 당당한 자세로 실행하게 하는 '긍정의 빛'이다.

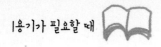
어려움과 위험이 닥쳐왔을 때야말로
더욱 굳은 결심을 하고 용기를 내야한다.

▪ 넬슨

....

• **넬슨**Horatio Nelson (1758~1805) 영국의 제독. 넬슨은 해군 대령인 외삼촌에 의해 해군에 입대하였다. 처음 얼마 동안은 북극탐사의 어려움과 첫 번째 전투를 치르던 중 말라리아에 걸려 고통을 겪었다. 하지만 적극적인 마인드로 대망의 꿈을 품고 최선을 다해 주어진 임무를 해나갔다. 20세에 함장이 되었지만 시련을 겪기도 했다. 그 후 스페인 함대를 물리치고 소장으로 승진하였으며 백작 작위를 받았다. 그러나 전쟁으로 한쪽 팔을 잃었다. 하지만 그는 더 강해졌고, 하는 전쟁마다 승리로 이끌었으며 특히 트라팔가르 해전에서 나폴레옹 군대를 격파하여 이름을 크게 떨쳤다. 그가 훌륭한 제독으로 존경받는 것은 부하지휘관들에게 독창적인 전술을 가르쳤고, 부하들을 인격적으로 대해준 그의 높은 품격 때문이었다.

용기란 두려움 없는 상태가 아니라 그 두려움에 맞서는 것

영국의 명장으로 유명한 넬슨 제독은 용맹하기가 하늘의 독수리 같고, 육지에 사자와 같았습니다. 그는 1794년 코르시카 섬 점령에 공을 세웠지만 오른쪽 눈을 잃었습니다. 그러나 굴하지 않고 1797년 다시 전쟁에 나가 세인트 빈센트 해전에서 공을 세웁니다. 하지만 이번엔 오른쪽 다리를 잃게 됩니다.

보통 사람들 같으면 군대에서 제대를 하고 안식을 구했을 테지만 그는 또다시 전쟁에 참여하였으며 이집트 나일 강 입구 아부키르 해전에서 프랑스 함대를 격파하여 수훈을 세웠습니다.

그러나 1805년 트라팔가르 해협에서 프랑스와 스페인 연합군을 격멸시켰으나 저격을 받아 목숨을 잃게 됩니다.

넬슨의 위대함은 한쪽 눈을 잃고, 한쪽 다리를 잃은 장애를 안고도 영국 함대의 사령관으로서 전쟁마다 승전하였다는 것입니다. 그가 명장으로서의 이름을 남길 수 있었던 것은 '용기'가 누구보다도 강했기 때문입니다.

용기 있는 자와 용기가 없는 자는 하늘과 땅 차이입니다. 진정한 용기는 자신을 이기는 것입니다. 자신을 이기는 자만이 그 어떤 시련과 고통에도 물러서지 않고 승자의 기쁨을 누릴 수 있기 때문입니다.

용기는 꿈을 이루게 하고 행복하게 살아가게 하는 참 좋은 마인드입니다.

---

* 어려운 상황에서도 주저하지 않고 자신이 원하는 것을 행하는 사람은 참으로 용기 있는 사람이다.

옳은 일에 주저하지 않기

옳은 일임을 알고 행하지 않는 것은
용기가 없는 것이다.

▪ 공자

....

▪ **공자**孔子 (B.C 551~479) 중국 춘추전국시대의 교육자, 철학자, 사상가, 학자. 유교의 시조. 창고를 관
장하는 위리, 나라의 가축을 기르는 승전리 등의 말단관리로 근무하였다. 40대 말에 중도의 장관이
되었으며, 노나라의 재판관이며 최고위직인 대사구가 되었다. 그러나 그는 곧 자리에서 물러났다.
 공자는 6예 즉 예禮, 악樂, 사射(활쓰기), 어御(마차술), 서書(서예), 수數(수학)에 능통했으며 역사와 시詩에
뛰어나 30대에 훌륭한 스승으로 이름을 떨쳤다. 그는 모든 사람이 배우는데 힘쓰기를 주장하였으
며 배움은 지식을 얻기 위한 것만이 아니라 인격을 기르는 거라고 정의하였다. 공자는 평생을 배우
고 가르치는 일에 전념하여 3,000명이 넘는 제자를 두었다고 한다. 공자의 어록 모음집인《논어》가
있다.

용기란 두려움 없는 상태가 아니라 그 두려움에 맞서는 것

어느 방송에서 〈젠틀맨〉이라는 프로그램을 본 적이 있습니다. 어려움에 처한 사람을 도와주는 사람이 있는가를 알아보기 위한 공익프로그램인데 이 프로그램을 보고 우리 사회에 아직까지는 정의로운 사람이 있다는 데에 대해 안도감이 들었습니다. 개인주의가 팽배한 현대사회에서 위험을 감수하면서까지 남을 돕는다는 것은 쉽지 않은 일이기 때문입니다.

차에 제 몸을 부딪치고 돈을 뜯어내는 못된 사람들에 맞서 억울한 운전자를 도와주는 중년의 시민, 담배 피우는 10대들에게 훈계하다 위험한 상황에 놓인 사람을 도와주는 20대 아가씨 등 남의 어려움을 함께 해결하려는 용기 있는 이들이 의외로 많습니다.

비록 설정이었지만 그것을 모르는 사람들이 보여준 행동은 나를 기쁘게 했습니다. 불의를 보고 외면하는 것은 군자의 도리가 아닙니다. 군자는 모름지기 인의예지에 밝아야 하고 그것을 실천해야 한다는 공자의 말은 많은 생각을 하게 합니다.

〈젠틀맨〉에서 보여준 용기 있는 시민들은 '옳은 일'을 행한 참좋은 사람들입니다. 공부를 잘하는 것도 중요하지만 그보다 더 중요한 것은 '의'를 행하는 일입니다. 의로운 10대가 되세요.

* 옳은 일에 주저하지 않는 것, 이것이야말로 참된 용기이다.

|위대한 이성의 산물 📖

위대한 행동도 뛰어난 용감성도
모두 위대한 이성의 산물이다.
불끈하고 감정에서 나온 행동은
적당한 방향을 잡지 못할 뿐 아니라,
때로는 평지에 파란을 일으킬 뿐이다.
참된 용기는
다른 사람이 겁을 내고 머뭇거릴 때
무서움을 넘고
이성의 밧줄을 잡고 행동하는 데 있다.

▪ 존 러스킨

▪ **존 러스킨**John Ruskin (1819~1900) 영국 비평가, 사회사상가, 작가. 옥스퍼드대학 교수를 역임하였다. 러스킨은 옥스퍼드대학교에서 학사와 석사학위를 받았다. 그는 '근대 화가론'을 완성함으로써 학계로부터 큰 주목을 받았다. 그는 예술, 문학, 자연과학, 그림, 정치학, 경제학, 사회학 등 여러 방면에서 두각을 보였으며, 작가로서 화가로서도 그 명성이 대단했다. 그는 무엇보다 사회비평에서 뛰어났다. 그는 인간 정신 개조에 의한 사회 개량을 주장했으며 이 방면에서 최고로 평가받았다. 훗날 간디와 톨스토이, 버나드 쇼는 러스킨을 '당대 최고의 사회개혁자'라고 평하였다. 주요저서로 《근대화가론》, 《베네치아의 돌》 외 다수가 있다.

용기란 두려움 없는 상태가 아니라 그 두려움에 맞서는 것

영국 옥스퍼드대학 교수이자 사상가인 존 러스킨은 실천하는 학문을 가르친 것으로 유명합니다. 배운 학문은 제대로 활용하지 못하면 죽은 학문과 같습니다. 모름지기 학문이란 실제에 적용시킴으로써 사람들의 몸과 마음을 바르게 하고 사회개혁에 도움을 주어야 합니다.

러스킨은 '위대한 행동도 뛰어난 용감성도 모두 위대한 이성의 산물이다.'라고 주장했습니다. 이성이란 바른 깨우침을 말하는데 깨우침이 바르면 말도 행동도 올바르게 할 수 있다는 뜻입니다.

그의 주장은 매우 일리가 있는 말입니다. 이성적인 사람과 감정적인 사람을 보면 이성적인 사람은 같은 상황에서도 침착하게 말하고 행동합니다. 이성이 그 사람의 내면을 조종하기 때문이다. 그러나 감정적인 사람은 자기 기분대로 말하고 행동합니다. 그래서 실수가 많고 사람들에게 비난을 받습니다.

이성적인 사람이 되어야 합니다. 그래야 매사를 바르게 판단함으로써 자신이 원하는 대로 할 수 있고, 좋은 결과를 얻을 수 있게 됩니다.

10대는 이성적이기보다는 감정에 이끌리는 시기이므로 머리는 차고 가슴을 뜨겁게 하는 연습이 필요합니다. 꾸준한 연습을 통해 마인드를 컨트롤 할 수 있다면 모든 일에 있어 이성적으로 대처하게 됨으로써 성숙한 시민으로 당당하게 살아가게 될 것입니다.

* 이성의 통제를 받으면 매사를 바르게 행할 수 있지만, 감정의 통제를 받으면 매사를 그르치게 된다.

전부를 잃는다는 것

돈을 잃는 것은 적게 잃은 것이다.
그러나
명예를 잃은 것은 크게 잃은 것이다.
더더욱
용기를 잃는 것은 전부를 잃는 것이다.

- 윈스턴 처칠

• 윈스턴 L. 스펜서 처칠Winston Leonard Spencer Churchill (1874~1965) 영국의 명연설가이자 대정치가이다. 처칠은 영국 명문 귀족인 몰러버 가의 후손이다. 그는 공부를 잘하지 못해 해로우 공립학교에 꼴찌로 들어갔고, 성적이 좋지 않아 부모의 바람과는 달리 명문 대학에 진학하지 못했다. 그는 육군사관학교에 두 번이나 떨어지고 세 번째 도전에서 겨우 합격할 수 있었다. 하지만 처칠은 개성이 넘쳤으며 상대방을 자신에게 끌려오게 하는 진지한 설득력과 강한 리더십이 있었다. 그의 뜨거운 열정과 노력은 수많은 경쟁자들 속에서 자신을 단연 돋보이게 했고, 그의 강한 신념과 카리스마에 감복한 영국국민들의 지지 속에 두 번이나 영국 수상을 지냈다. 처칠의 강한 리더십과 뛰어난 능력은 그를 제2차 세계대전 당시 연합국의 대표적인 지도자가 되게 했으며, 회고록 《제2차 세계대전 The Second World War》으로 노벨 문학상을 수상하였다.

용기란 두려움 없는 상태가 아니라 그 두려움에 맞서는 것

인간에게 절대적으로 필요한 것 중 하나가 '용기'를 갖는 것입니다. 할 수 없을 것 같은 일도 용기만 있으면 능히 해낼 수 있고, 자신이 하고 싶은 일에 언제든지 도전할 수 있습니다.

그러나 용기가 없다면 충분히 할 수 있는 일도 주저하게 됩니다. 이처럼 용기의 유무에 따라 삶 자체가 완전히 달라집니다.

콜럼버스가 아메리카 신대륙을 발견할 수 있었던 것도 용기가 있었기에 가능했고, 닐 암스트롱이 달나라를 성공리에 탐험할 수 있었던 것도 용기가 있었기 때문입니다.

용기를 기르기 위해서는 어떻게 해야 할까요.

첫째, 무엇이든 해낼 수 있다는 강철 의지를 길러 보세요. 의지가 강하면 용기는 저절로 생기는 법입니다.

둘째, 잘할 수 있다는 신념을 가지세요. 신념은 보지 못하는 것들을 믿는 마음인데 신념이 강하면 용기가 샘솟는 것을 느낄 수 있습니다.

셋째, 모든 일에 솔직하세요. 솔직한 말과 행동은 용기가 없으면 쉽게 하기 힘듭니다.

이 세 가지를 마음에 지닐 수 있도록 해보세요. 그러면 어떤 일에서든 어떤 사람 앞에서든 주저하지 않고 자신이 뜻하는 것을 이룰 수 있을 것입니다. 허나 용기를 잃으면 돈과 명예, 지위 등 전부를 잃게 됨을 명심하세요.

＊ 용기는 모든 것을 가능하게 하는 원초적인 에너지이다.

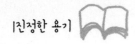

용기는 인간만이 가질 수 있는
영원한 자랑이며 창조물이다.
그런데 많은 사람은 용기를 가리켜
총포를 잘 쏘는 것과 같은 것으로 알고 있다.
그러나 진정한 용기는
여러 사람들이 보는 앞에서 할 수 있는 일을
아무도 보지 않는 곳에서
해내는 것을 말하는 것이다.

▪ 라 로슈푸코

....

▪ **라 로슈푸코**La Rochefoucauld (1613~1680) 프랑스 작가. 정치가. 백작의 아들로 태어나 정치의 길에
들었다. 그러나 그의 정치생활은 순탄치 않았다. 그는 6년 동안 3차례의 교전에서 부상을 당했다.
그로 인해 몸과 마음이 피폐해져 마음의 평화를 잃었다. 토지는 저당 잡히고 경제적으로 많은 어려
움을 겪었다. 그는 정치에서 벗어나 독서를 하며 사람들과 지적인 대화를 나누며 지친 몸과 마음을
다스리며 마음의 평온을 찾아 나갔다. 이때 라 로슈푸코는 간결하고 재치 있는 문구로 예절과 행동
에 대한 금언을 짓는데 몰입하였다. 이런 그의 책은 대중들에게 인기가 있었다. 그의 경험에서 깨우
친 잠언은 대중의 공감을 불러일으키는데 잘 맞았기 때문이다. 주요저서로 《회고록》, 《잠언집》이
있다.

용기란 두려움 없는 상태가 아니라 그 두려움에 맞서는 것

용기라고 하면 주먹을 잘 쓰고, 힘을 잘 쓰는 것쯤으로 알고 그런 사람을 용기 있는 자라고 생각하는 사람들이 있습니다. 라 로슈푸코 역시 용기를 총포를 잘 쏘는 것과 같은 것으로 알고 있다고 사람들을 꼬집습니다.

용기는 주먹이 세고, 힘이 센 것을 가리키는 것이 아니라 오히려 그 반대입니다. 물리적인 힘을 가하지 않더라도 불의한 일에 나서서 말할 수 있고, 부당한 일에 맞서 자신의 뜻을 관철시킬 수 있다면 이것이야말로 진정한 용기입니다.

고려 말기에 포은 정몽주鄭夢周는 이성계李成桂의 간곡한 청에도 조선을 세우는 일에 극구 반대합니다. 어진 신하는 두 임금을 섬기지 않는다는 지조를 보인 것이었는데 그로 인해 개성 선죽교에서 습격당하지만 죽음을 두려워하지 않았습니다. 정몽주가 행한 의연한 행동은 용기 중의 용기라고 할 수 있습니다.

남에게 잘 보이려고 하는 행동은 진정한 용기라고 할 수 없습니다. 그것은 가식에 불과할 뿐입니다. 그러나 남이 보지 않더라도 정당한 일에 자신의 소신을 굽히지 않는 것은 진정한 용기입니다.

진정한 용기는 자신에게 지지 않는 것입니다. 그 어떤 상황에서도 자신을 극복할 수 있는 사람, 이런 사람이야말로 진정으로 용기 있는 사람입니다.

* 진정한 용기는 어떤 상황에서도 자신에게 지지 않고, 극복할 수 있는 것을 말한다.

나는 내 영혼의 선장이며,
내 운명의 주인이다.

• 윌리엄 헨리

• **윌리엄 헨리**William Henley (1849~1903) 영국의 시인, 비평가. 어려서 결핵을 앓아 다리에 장애를 안고 살았다. 그는 병원에 입원해 있는 동안 시를 써서 발표하였는데 많은 인기를 끌며 시인으로 명성을 얻었다. 그의 가장 인기 있는 시는 '나는 내 운명의 주인'이라는 〈인빅투스〉라는 시인데 그 시 또한 가장 힘든 시기에 쓰였다. 건강을 회복한 그는 〈스코츠 옵저버〉라는 잡지의 편집장으로 일하며, 시를 발표하고 문학비평도 활발히 전개하였다. 그는 신예작가들과 재능 있는 무명작가들을 발굴하는데 매우 호의적이었지만, 작품도 잘 쓰지 않으면서 이름만 높은 작가들은 맹렬히 비판하였다. 이는 그가 문학적인 면에서 매우 진보적인 성향을 지녔기 때문이다. 주요작품으로 시 〈인빅투스〉 외 다수가 있다.

용기란 두려움 없는 상태가 아니라 그 두려움에 맞서는 것

자신은 이 세상에 단 하나뿐인 소중한 존재입니다. 내 인생의 주인공이며, 우주의 빛이며, 윌리엄 헨리가 말한 것처럼 내 영혼의 선장입니다. 이처럼 소중한 자신을 함부로 한다면 그것은 스스로를 모독하는 일입니다.

그런데 자신을 이 세상에 태어나지 말았어야 할 존재라고 폄훼하는 사람들이 있습니다. 나 같은 건 있으나 마나한 껍데기에 불과하다고 싸구려 취급을 하기도 합니다.

이는 자신의 인격을 밑바닥까지 떨어뜨리는 일이며, 하찮은 존재로 추락시키는 어리석은 일입니다. 이런 사람들은 평생을 자신이 원하는 대로 살지 못합니다. 언제나 빛에 가려진 그늘처럼 침울하고 존재감 없이 살 뿐입니다.

행복하게 사는 사람들을 보면 '자기애'가 매우 강하다는 것을 알게 됩니다. 그들은 '나는 소중하니까 나를 대접해야 해.'라고 말하며 자신을 귀족처럼 대합니다. 그러니 잘 될 수밖에 없습니다.

하지만 그렇다고 해서 자신을 남과 비교하지 말았으면 합니다. 자신은 이 세상 그 누구와도 견줄 수 없도록 소중한 존재니까요.

10대들에게 당부합니다. 자신을 아낌없이 사랑하고 격려하세요. 그 어느 때라도 절대 기죽지 마세요. 기가 꺾이면 자신감을 상실하게 되고, 자신을 불행하게 할 수 있습니다. 이점을 늘 조심하기 바랍니다.

* 자기애는 자신을 사랑하는 마음이다. 자신이 잘 되고 싶다면 자기애가 강해야 한다. 단, 교만은 절대 금물이다.

인생은 석재다.
신의 모습을 새기든
악마의 모습을 새기든
자기 마음대로 하라.

▪ 허버트 스펜서

▪ **허버트 스펜서** Herbert Spencer (1820~1903) 영국의 철학자. 사회학자이자 사회학의 창시자이다. 그는 철도기사, 경제신문기자를 지내기도 했다. 그는 자연과학에 흥미가 많은 탓에 진화철학을 주장하고, 진화가 우주의 원리라고 생각하여 인간이 살아가는 사회에도 강한 사람만이 살 수 있다는 '적자생존 설'을 믿었으며, '사회유기체설'을 주장하였다. 이런 그의 사상은 지금에 와서는 그다지 주목받지 못한다. 하지만 그 당시에는 대단한 영향력을 주었다. 그는 심리학에서 의식의 진화과정, 도덕적으로는 공리주의를 지지하였다. 주요저서로 《제1원리》, 《심리학원리》 외 다수가 있다.

용기란 두려움 없는 상태가 아니라 그 두려움에 맞서는 것

'생각하는 대로 살면 생각하는 대로 되고, 사는 대로 생각하면 사는 대로 생각하게 된다'는 말이 있습니다. 이 말은 자신이 생각하는 것이 얼마나 중요한지를 잘 알게 합니다. 그렇다면 어떻게 하는 것이 잘되게 하는 방법일까요. 그것은 이루고 싶은 꿈의 설계도를 그리고 그대로 실행하는 것입니다.

가령, 피아니스트가 되고 싶다면, 그 꿈을 이루기 위한 계획을 세우는 것입니다. 하루에 얼마나 연습을 할 것인지를, 레슨은 누구에게 받을 것인지를. 대회는 몇 번이나 참여할 것인지를, 그리고 어느 대학을 목표로 하며 그 대학에 가기 위해 어떻게 대비해야 하는지를 세밀하게 파악해 실행에 옮겨야 합니다.

이처럼 자신이 세워 놓은 계획에 따라 몸과 마음을 일치시켜 최선을 다해 준비하면 자신이 생각한 대로 뜻을 이룰 수 있습니다. 그러나 계획대로 하지 않으면서 말로만 한다면 뜻을 이루는 일은 절대로 없을 것입니다.

생각을 한다는 것은 가장 기본적인 구상에 불과합니다. 그 생각을 생각대로 실현시키는 것은 바로 실행에 옮기는 일뿐입니다. 허버트 스펜서의 말처럼 자신이 어떻게 생각하고 실행하느냐에 따라 자신이 원하는 꿈을 실현할지가 가려집니다.

자신이 생각한 대로 꾸준히 실행하십시오. 그것이 가장 확실한 방법입니다.

* 생각은 기본적인 구상에 불과하다. 생각대로 살고 싶다면 그 생각대로 실행하라.

생각은
우주에서 가장 힘이 세다.
친절한 생각을 하라,
그러면 친절해진다.
행복한 생각을 하라,
그러면 행복해진다.
성공을 생각하라,
그러면 성공한다.
훌륭한 생각을 하라,
그러면 훌륭해진다.
나쁜 생각을 하라,
그러면 나쁜 사람이 된다.
질병을 생각하라,
그러면 아프게 된다.
건강을 생각하라,
그러면 건강해진다.
당신은
당신이 생각하는 그것이 된다.

▪ 클레멘트 스톤

....

▪ **클레멘트 스톤** W. Clement Stone(1902~2002) 미국의 기업인. 자기계발 동기 부여가 이자 세일즈맨의 원조로 불린다. 어린 시절 가난한 집안 환경으로 6세 때부터 시카고에서 신문을 판매했으며, 13세 때 자신의 신문 가판대를 갖게 되었다. 16세 때 어머니와 보험사를 차리고 보험세일즈를 하며 큰돈을 벌기 시작해 마침내 억만장자가 되어 사람들을 놀라게 했다. 미국 경제잡지인 〈포춘〉이 선정하는 '미국 50대 부자'에 이름을 올렸다. 그는 맨주먹으로 자수성가한 입지전적인 인물이다. 주요 저서로 《믿고 행동하라》, 《클레멘트처럼 성공하기》 외 다수가 있다.

생각하는 대로 살면 생각하는 대로 살게 되고, 사는 대로 생각하면 사는 대로 생각하게 됩니다. 왜 그럴까요. 생각하는 대로 산다는 것은 강한 의지와 신념이 있어야만 가능합니다. 강한 의지와 신념은 자신의 생각을 실현 가능하게 이끌어 내기 때문입니다. 생각하는 대로 잘 되지 않으면 의지를 강화시키고 신념을 더욱 굳게 만듭니다. 그리고 마침내 생각하는 대로 결과를 이끌어내게 됩니다.

그러나 사는 대로 생각하면 상황은 달라집니다. 지금 자신이 10점 만점에 7을 살고 있다면 7만큼 이루고, 5를 살고 있다면 딱 5만큼만 이루게 됩니다. 사는 대로 생각한다는 것은 비능률적인 결과를 줍니다.

그렇다면 답은 하나입니다. 한번 뿐인 인생을 자신이 원하는 대로 살고 싶다면 자신이 생각하는 대로 살면 됩니다. 다만 그것을 이루겠다는 의지와 신념만 있으면 됩니다.

영화감독인 스티븐 스필버그가 최고의 감독이 될 수 있었던 것은 소년 시절부터 영화감독이 되겠다는 생각을 자신의 의지와 신념대로 실천했기 때문입니다.

10대는 꿈을 이루는 시기가 아니라 자신의 생각대로 준비하는 단계입니다. 이 시기에 자신이 원하는 대로 생각의 키를 작동시켜야 합니다. 생각을 멈추지 않고 작동시키면 어느 날 생각대로 되어 있는 자신을 발견하게 될 것입니다.

---

* 생각의 힘은 참으로 놀랍다. 자신이 원하는 대로 생각의 방향키를 맞춰 실천하라. 생각하는 대로 살게 될 것이다.

실행이 중요하다

꿈꾸는 것도 훌륭하지만
꿈을 실행에 옮기는 것은 더 훌륭하다.
신념도 강하지만
신념에 실행을 더하면 더 강하다.
열망도 도움이 되지만
열망에 노력을 더하면 천하무적이다.

▪ 토머스 로버트 게인즈

▪ **토머스 로버트 게인즈**Thomas Robert Gaines 미국의 저술가. 저술과 강연을 통해 자신이 원하는 것을 얻기 위해서는 생각만 하지 말고 반드시 실행할 것을 주장한다. 그의 이런 생각은 많은 사람들이 자신의 길을 가는 데 많은 도움을 주고 있다.

용기란 두려움 없는 상태가 아니라 그 두려움에 맞서는 것

'꿈꾸는 대로 이루어진다'는 말이 있습니다. 하지만 이 말의 진정한 의미는 꿈꾸는 만큼 노력했을 때 이루어진다는 말입니다. 꿈을 아무리 꾼다고 해도 노력하지 않으면 꿈은 그냥 꿈에 불과합니다.

꿈을 이루고 싶다면 꿈을 이루기 위한 실천이 따라야 합니다. 꿈이 스케치라면 색을 칠하는 것은 실행을 의미합니다. 아무리 스케치가 잘 되었다고 해서 그것은 완성작이라고는 할 수 없습니다. 색칠이 원하는 대로 잘 되었을 때 비로소 완성작이라고 할 수 있습니다.

페이스북을 만든 주커버그Mark Zuckerberg는 20대란 나이에 자신의 꿈을 이뤄냈습니다. 그는 점점 단절되어가는 사람들의 관계를 이어주는 꿈을 안고 페이스북을 만들었습니다. 페이스북이 세상에 선을 보이자 생각했던 것보다도 훨씬 반응이 폭발적이었고 페이스북은 주커버그의 생각대로 사람들 간에 소통수단으로 각광받게 되었습니다. 그와 더불어 그는 천문학적 부를 가진 부자가 되었습니다. 그의 도전은 지금도 계속되고 있습니다.

꿈은 꿈을 이루기 위해 최선을 다하는 자에게 성공의 금메달을 달아주는 법입니다. 자신의 꿈을 완성시키고 싶다면 주커버그가 그랬던 것처럼 자신이 꿈을 위해 의지와 신념으로 실행하세요. 실행되지 않는 꿈은 죽은 꿈입니다.

---

* 꿈은 꾼다고 해서 이루어지지 않는다. 그 꿈을 이루기 위해 의지와 신념으로 실행해야 한다. 실행되지 않는 꿈은 죽은 꿈이다.

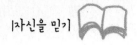

자신을 믿기

아무도 당신을 믿지 않을 때도
자기 자신을 믿는 것,
그것이 챔피언이 되는 길이다.

▪ 슈거 레이 로빈슨

▪ **슈거 레이 로빈슨**Sugar Ray Robinson (1921~1989) 미국출신 권투선수. 웰터급 세계챔피언
(1946~1951), 미들급 세계챔피언(1951~1960) 을 지냈다. 로빈슨은 권투전문가들이 뽑은 세계권투사에서
가장 탁월한 선수이다. 그는 현란한 테크닉과 아웃복싱, 강철 같은 근성으로 자신이 원하는 대로
경기를 이끌어 가는 능력이 타의 추종을 불허할 만큼 뛰어나다.

또한 그는 최고의 선수답지 않게 아주 겸손하고 친절했으며, 예의가 뛰어나 세계권투사의 신사로
덕과 인품을 지닌 선수였다. 그런 까닭에 많은 사람들로부터 존경을 받았다. 그는 진정한 선수가
되기 위해서는 언행이 잘 갖춰져야 함을 보여준 대표적인 선수였다.

용기란 두려움 없는 상태가 아니라 그 두려움에 맞서는 것

자신을 믿는 것은 참 중요합니다. 자신을 믿으면 자신이 하는 일에 확신을 갖게 됩니다. 확신이 있으면 그만큼 성공할 확률이 높아집니다. 성공적인 삶을 살았거나 살고 있는 사람들은 자신을 믿고, 자기 확신이 강했다는 공통점을 갖고 있습니다.

그러나 자신을 믿지 못하고 자기 확신이 약하거나 없는 사람은 자신이 하는 일을 잘 해내지 못합니다. 따라서 매사에 자신감을 갖고 당당하게 해나가기 위해서는 자기를 믿고 자기 확신이 강해야합니다.

자신을 믿지 못하는 10대들과 이야기를 해보면 '내가 그걸 어떻게 해요.'라고 말하거나 '나는 그냥 이대로 할래요.' 하고 말하곤 합니다. 이런 자세는 너무 소극적이어서 무슨 일을 하더라도 좋은 결과를 내지 못하는 경우가 많습니다.

자신을 믿고 자기 확신을 기르기 위해서는 매사를 긍정적으로 생각하고 적극적으로 행하는 것을 피하면 안 됩니다. 그렇게 하다보면 자신이 원하는 것을 해 낼 수 있게 됩니다.

슈거 레이 로빈슨은 권투전문가들로부터 세계권투사에서 가장 완벽한 선수로 평가받습니다. 역대 복서들 중 기술적으로 가장 완벽하다는 평가를 받고 있는 그는 1946년 웰터급 챔피언에 올라 4차례 방어에 성공했고, 1951년 미들급 정상에 처음 오른 뒤 다섯 번이나 챔피언에 등극했습니다. 16년 동안 웰터급과 미들급 챔피언을 지냈는데 이 모든 것은 그의 천부적인 기량에 자신을 믿는 마음이 함께 한 결과입니다.

* 자신을 믿고, 자기 확신이 강하면 모든 일에 있어 막힘이 없다. 스스로를 믿는 마음은 강한 에너지를 분출하기 때문이다.

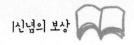

신념은 아직 보지 못한 것을 믿는 것이며,
그 신념에 대한 보상은
믿는 것을 보게 된다는 것이다.

• 성 아우구스티누스

• **성 아우구스티누스**Sanctus AureliusAugustinus (354~430) 알제리의 타가스테에서 출생. 교부, 신학자, 사상가. 이교도인 아버지와 그리스도인이 어머니 사이에서 태어났다. 어려운 집안 형편으로 공부를 중단했지만, 16세 때 수사학을 배우기 위해 카르타고로 유학을 갔다. 그는 철학에 심취하게 되어 이단이던 마니교도로 10년 동안 보냈다. 그러나 그는 회의를 느끼고 마니교를 나와 수사학과 철학을 가르쳤다. 그러다 밀라노 주교인 암브로시우스 만나 회심을 하고, 세례를 받고 수도생활을 시작하였다. 그 후 사제로 서품을 받았으며, 발레리우스 주교가 죽자 히포 주교가 되어 사랑과 봉사로 일생을 보냈다. 주요저서로 《고백록》, 《행복론》, 《신국론》, 《삼위일체론》 외 다수가 있다.

용기란 두려움 없는 상태가 아니라 그 두려움에 맞서는 것

신념은 강한 믿음을 갖게 하고 강한 의지로 모든 것을 행하게 합니다. 신념이 강한 사람은 언제나 'Yes'라고 말합니다. 이런 긍정이 몸과 마음을 둘러싸고 있는 까닭에 신념이 강한 사람은 하는 일마다 좋은 결과를 냅니다. 반면 신념이 약한 사람은 언제나 망설이거나 'No'라고 말합니다. 그래서 신념이 약한 사람은 하는 일마다 나쁜 결과로 이어집니다.

헝가리의 가난한 소년이 미국으로 갔습니다. 아는 이도 없었고, 일할 곳도 없었지요. 그는 노숙자 생활을 하기도 하고, 짐꾼으로 돈을 벌기도 했습니다. 어린 나이에 낯선 나라에서 산다는 것은 매우 고달픈 일이었습니다. 그런 데다 사기꾼을 만나 가진 돈을 사기당하고 말았습니다. 하지만 이 일로 인해 그는 새로운 일을 얻게 되었습니다. 자신의 억울한 사정을 신문에 투고했는데 그의 글솜씨를 보고 편집장이 기자로 채용한 것입니다. 그는 발이 부르트도록 열심히 일해 언론인의 능력을 키웠고 결국 신문사를 인수하게 되었습니다. 그는 다른 신문에서 하지 않는 새로운 콘텐츠를 개발하여 풍부한 읽을거리를 제공하였고, 사실을 바르게 전달하는 언론의 '원칙'을 준수하여 많은 독자로부터 인정받고 미국 최고의 언론재벌이 되기에 이릅니다. 그의 이름은 조셉 퓰리처Joseph Pulitzer입니다. 그가 언론인으로 성공할 수 있었던 것은 원칙을 지키는 신념에 있었습니다. 자신이 무언가를 이루고 싶다면 강한 신념을 기르십시오.

＊ 신념은 모든 것을 가능하게 하는 자신에 대한 강한 믿음이다. 신념이 강하면 최악의 상황에도 절대로 무너지지 않는다. 신념은 성공의 근본이다.

목표를 이룬 사람들의 말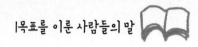

내가 만나본 목표를 이룬 사람들은
하나 같이 이렇게 말했다.
"나 자신을 믿기 시작하자 인생이 바뀌었다."

▪ 로버트 H. 슐러

▪ 로버트 H. 슐러Robert H. Schuller (1926~) 미국의 목사. 세계적인 부흥강사. 슐러는 홉 대학에서 공부한 후 1950년 웨스턴 신학교에서 신학 석사학위를 받고 미국 개혁파 교회 목사로 임명되었다. 슐러는 1955년 드라이브인 영화관에 가든 그로브 커뮤니티 교회를 열었다. 이는 당시로써는 아주 획기적인 새로운 예배형식으로써 사람들에게 신선한 충격을 주었다. 슐러는 이에 그치지 않고 1970년에는 텔레비전 방송 '권력의 시간'을 통해 대중들에게 널리 알려졌다.

그는 늘 새로운 방식으로 선교를 위해 힘썼으며 그가 시도한 방식은 늘 새롭고 특별하여 자신이 생각하는 대로 큰 성공을 거뒀다. 그는 미국뿐만 아니라 전 세계적으로도 가장 성공한 목회자 중 한 사람이다.

세계적인 부흥강사인 로버트 슐러는 하나님의 말씀에 의지해 긍정적인 마인드를 사람들에게 심어주는 일에 열정을 다했습니다. 그의 말을 들은 많은 사람들은 자신을 사랑하게 되었고, 자신의 삶에 최선을 다하도록 노력하였습니다. 그러자 많은 사람들이 자신이 원하는 삶을 통해 행복해했습니다.

로버트 슐러는 목표를 이룬 사람들을 많이 만났습니다. 그들은 로버트 슐러에게는 참 좋은 믿음의 증인이었다. 그는 목표를 이룬 사람들을 연구하고 분석해 한 가지 공통점을 발견했습니다. 그것은 바로 '자신을 믿기 시작하자 인생이 달라지기 시작했고, 그 결과 원하는 인생을 살게 됐다.'는 것입니다.

이는 매우 중요한 의미를 담고 있습니다. 자신을 믿는다는 것 즉 자기 확신은 큰 힘을 발휘한다는 것입니다. 자기를 믿게 되면 초능력적 힘이 나오기 때문입니다.

피겨의 여왕 김연아金妍兒는 어떤 상황에서도 자신의 실력을 발휘합니다. 그것은 자신에 대한 믿음이 강해 흔들리지 않기 때문입니다. 하지만 일본의 아사다 마오浅田真央는 자신에 대한 믿음이 약합니다. 그녀는 상황에 따라 실력 편차가 심합니다. 자신에 대한 믿음이 약해 상황에 민감하게 반응해서인데 이런 이유로 김연아에게 뒤처지는 것입니다.

자신을 믿으세요. 무엇이든 자신을 믿고 시작하세요.

---

* 자신을 믿으면 어떤 상황에서도 흔들리지 않는다. 자신에 대한 믿음이 뿌리가 되어 튼튼하게 받쳐주기 때문이다.

불가능을 믿지 않기

이런 일은
도저히 불가능하다고
자신이 믿고 시작하는 것은
자기 자신을
불가능하게 만드는 수단이다.

- 존 워너메이커

<hr />

- **존 워너메이커**John Wanamaker (1838~1922) 미국 워너메이커백화점 CEO 역임. '백화점 왕'이라 불리며 체신장관을 지냈다. 그는 14살에 서점의 사환으로 일을 시작해서, 남성의류점의 점원으로 일했다. 그리고 필라델피아 기독교청년회 간사로 근무했다. 그 후 1861년에 네이션 브라운과 함께 워너메이커 의류회사를 설립했지만 문을 닫고, 존 워너메이커 사를 설립했다. 그는 전문상점들을 한곳에 모아놓는 새로운 방식으로 운영했으며, 나중에 가장 큰 백화점 가운데 하나가 되었다. 그는 광고를 마케팅으로 적극 활용하여 큰 성과를 거두었다. 또한 그는 누구에게나 친절했고, 서비스정신이 투철했다. 그의 이런 마인드는 그를 미국의 백화점 왕이 되게 하는데 큰 작용을 하였다.

용기란 두려움 없는 상태가 아니라 그 두려움에 맞서는 것

꿈을 이루는 사람과 꿈을 이루지 못하는 사람의 가장 큰 차이는 어려운 일이 닥쳤을 때 대처하는 자세에 달렸습니다. 꿈을 이루는 사람은 '이런 것쯤은 충분히 이겨낼 수 있어'라고 생각하며 극복하려는 의지를 불태웁니다. 그리고 마침내 극복하고 꿈을 완성시킵니다.

그러나 꿈을 이루지 못하는 사람은 '내가 이것을 어떻게 이겨낼 수 있어. 난 도저히 못하겠어.'라고 생각하며 스스로 의지를 꺾어버립니다. 그러니 어떻게 꿈을 이룰 수 있겠습니까.

꿈을 이루기 위해서는 '불가능은 없다'고 믿어야 합니다.

나폴레옹이 위대한 영웅으로 추앙받는 것은 불가능을 믿지 않았다는 데 있습니다. 그는 최악의 순간에도 할 수 있다고 믿었고, 수많은 전투에서 승리를 이끌어내며 황제에 올랐습니다.

영국군의 침략으로 프랑스가 위험에 처했을 때 잔 다르크Jeanne d'Arc라는 소녀가 떨치고 일어나 프랑스를 구해냈습니다. 그녀가 그렇게 할 수 있었던 힘은 무엇일까요. 불가능을 믿지 않는 신념이 있었던 것입니다. 이같은 신념은 큰 힘을 발휘하게 됩니다.

나에게 불가능은 없다고 늘 자신에게 말을 거세요. 그러면 어떤 상황에서도 능히 그 일을 해낼 수 있는 힘을 얻을 것입니다.

* 불가능을 믿지 마라. 그것을 믿는 순간 패배자가 된다.

속이 꽉 찬 사람

단지에 들어간 한 개의 동전은
시끄럽게 소리를 내지만
동전이 가득한 단지는 조용하다.

• 탈무드

'빈 수레가 요란하다'는 말이 있다. 즉 내면이 알차지 못한 사람이 경거망동한다는 뜻입니다.

실력이 있는 사람은 속이 꽉 찬 배추와 같아 틈을 보이지 않습니다. 그래서 이런 사람은 함부로 무시 받지 않습니다. 어딜 가든 사람들에게 인정받고 잘 삽니다. 하지만 실력 없는 사람은 자신의 허점을 감추려고 마구 떠들어댑니다. 그래서 이런 사람은 어딜 가든 환영받지 못합니다.

속이 꽉 찬 사람이 되기 위해서는 어떻게 해야 할까요.

실력을 기르되 다양한 지식을 갖춰 품격을 업그레이드 하십시오.

다음으로 예의가 바른 사람이 되십시오. 예의가 바르면 얕보지 않습니다.

또한 해도 될 말과 안 될 말을 가려서 하십시오. 말이 신중치 못하면 신뢰를 받지 못합니다.

행동은 진중하게 하십시오. 경거망동은 자신의 위신을 깎아버립니다.

마지막으로 날마다 자신을 돌아보는 시간을 가지세요. 자신의 내면을 살피는 자세는 자신을 바른 사람으로 이끕니다.

속이 꽉 찬 사람이 되기 위해서는 앞에서 제시한 다섯 가지 비결을 기억하십시오. 꾸준히 실천하다 보면 속이 꽉 찬 사람이 되어 누구에게나 신뢰받는 진정성이 넘치는 사람이 될 수 있습니다.

---

* 내면이 알찬 사람은 뿌리 깊은 나무와 같아 어떤 일에도 흔들리지 않는다.

고통은 인간을 생각하게 하고,
생각은 인간을 지혜롭게 만든다.
또한
지혜는 인생을 견딜만한 것으로 만든다.

• 패트릭 헨리

• **패트릭 헨리**Patrick Henry (1736~1799) 미국 독립운동가, 정치가이다. 헨리는 독학으로 변호사가 되었다. 그는 1756년 버지니아 식민지 회의 의원이 되어 미국독립운동에 적극 나섰다. 그 후 대륙회의 대표, 버지니아 주 주지사가 되었다. 독립혁명 후에는 버지니아 주에서 종교의 자유를 법률로 제 정하는데 힘썼다. 또한 그는 민주적인 헌법을 실현시키려고 많은 노력을 했다. 특히, 그가 한 연설한 가운데 '우리에게 자유를 달라, 아니면 죽음을 달라.'는 명연설로 유명하다. 미국이 민주주의로 발전하는 데 있어 그의 역할은 매우 컸을 뿐만 아니라, 미국 민주주의의 상징이 되었다.

용기란 두려움 없는 상태가 아니라 그 두려움에 맞서는 것

인간은 살다보면 누구나 생각지도 않는 일로 '고통'을 겪을 수 있습니다. 그 고통을 다시 받지 않기 위해 어떻게 해야 할지 고민하게 됩니다. 고통은 때론 어떤 문제의 시발점이 되기도 합니다. 고통이 계속되는 것을 막기 위해 '생각'을 하게 됩니다.

가령, 어떤 사람이 자신에게 계속 꿀밤을 준다고 합시다. 왜 때리냐고 해도 웃으며 말하지 않습니다. 그러면 다시 꿀밤의 고통을 받지 않기 위해 이유가 무엇인지 생각해 보게 됩니다. 생각을 거듭 하다보면 어려움을 이겨내는 '지혜'를 발견하게 합니다. 지혜가 있다면 인간은 어떤 상황에 놓이더라도 충분히 극복할 수 있습니다. 지혜는 인간을 현명하게 만듭니다.

어떤 사람이 나에게 계속 꿀밤을 주는 이유를 알기 위해 사유를 계속합니다. 나를 미워서 때리는 것인지, 친하게 지내고 싶어서 때리는 것인지 하나 하나 상대방이 되어서 생각해보면 단서를 발견할 수 있게 됩니다. 웃으면서 나를 때리는 것을 보니 악의가 있어서는 아니라는 것을 유추하고 내가 맞을 때마다 짓는 표정 때문인지도 생각해봅니다. 그래서 맞을 때마다 반응을 달리해서 상대방의 반응을 관찰합니다. 그러다 자신이 맞을 때마다 내는 소리가 독특할 때 상대방이 더 웃으며 다시 때리려하는 것을 발견합니다. 그래서 맞을 때 다른 행동을 해서 상대방이 흥미를 잃게 만듭니다. 그렇게 그 고통으로부터 벗어났다면 그 처방이 바로 지혜입니다.

고통을 두려워하고 생각하지 않는 사람은 계속 맞는 패배자가 되지만, 생각하는 사람은 맞지 않게 되는 지혜를 발견합니다.

＊ 참인간이란 최악의 순간에도 인간다움을 포기하지 않는 자이다.

군자와 소인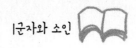

군자와 소인의 구별은 의義와 이利에 있다.
군자는 의를 존중하지만,
소인은 이로움을 존중하기에 고심한다.

• 논어論語

....

• **논어論語** 유교경전으로 4서 중 하나다. 논어는 공자의 가르침을 전하는 가장 확실한 문헌으로, 일반적으로 유교 경전을 가르칠 때 제일 먼저 가르친다. 인仁, 군자君子, 천天, 중용中庸, 예禮, 정명正名 등 공자의 기본 윤리개념을 모두 담고 있다. 여기서 '정명'이란 사람이 행함에 있어 모든 면에서 '이름'의 진정한 뜻에 일치해야 한다는 가르침이다. 공자가 직접 예로 들어 설명한 것 가운데 특히 효에 관한 내용이 많다. 공자는 개나 말도 마음만 먹으면 효를 행할 수 있다고 말했다. 또한 《논어》는 공자의 제자들이 그의 일상을 기록한 것들을 담고 있다.

용기란 두려움 없는 상태가 아니라 그 두려움에 맞서는 것

군자는 '의'를 존중하고, 소인은 '이로움'을 존중한다는 공자의 말은 군자와 소인을 분명하게 규정짓고 있습니다. 군자는 어떤 상황에서도 의를 잃어서는 안 됩니다. 의를 잃는 순간 더 이상 군자가 아니라 소인으로 전락합니다.

포은 정몽주鄭夢周는 만고의 충신으로 존경받습니다. 그는 조선을 건국하는데 함께 하자는 이방원李芳遠의 간청에도 끝내 동조하지 않았습니다. 고려의 녹을 먹으며 은혜를 입었다고 생각했기에 아무리 고려가 썩었다 하더라도 고려를 고칠지언정 바꿔버린다는 것은 아무리 나쁜 아버지라고 하더라도 아버지를 버리는 패륜과 같다며 옳지 않다고 여겨 단호히 거부한 것입니다. 그로 인해 목숨을 잃었지만 그는 만고에 빛나는 충신이 되었습니다.

조선 시대 성종의 절대적 신임을 받았던 사림파의 거두이자 영남학파의 종조인 김종직金宗直은 올곧은 강직함으로 정평이 났습니다. 그는 세조世祖의 앞에서 바른말을 일삼고, 전혀 두려워하지 않았습니다. 의에 어긋나면 그 대상이 군왕이든 누구든 직언하였습니다. 그의 강직함과 의로움에 그를 따르는 제자들이 줄을 이었고 아군뿐만 아니라 반대파들에게도 존경을 한 몸에 받았습니다.

의로움을 지키고 실천하는 것은 군자의 도리입니다. 자신의 일신을 위해 상황에 따라 말과 행동이 다른 사람은 소인배일 뿐입니다.

의로운 사람이 되어야 한다. 의를 지키는 것은 군자의 도리이자 인간된 자로서의 의무이기도 한 것입니다.

* 불의 앞에 흔들리지 않고 자신을 지켜내는 것이 진정한 '의'이다.

가장 큰 장애물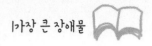

인생에서 가장 큰 고난은
우리가 얻고자 노력하지 않는 것이다.
당신의 희망을 가로막는 장애물이 큰 것이 아니라,
당신의 희망을 실현하려는 의지가 약한 것이다.
약한 의지력, 이것이 가장 큰 장애물이다.

▪ 요한 W. 뵌 괴테

▪ **요한 W. 뵌 괴테**Johann Wolfgang von Goethe (1749~1832) 독일 최고 시인, 작가, 과학자, 정치가. 독일 고전주의 문학의 대표작가이다. 괴테는 어린 시절 천재교육을 받을 만큼 뛰어났다. 그는 문학 외에 법률에도 관심을 기울여 1770년 스트라스부르 대학에서 법률박사 학위를 받았다. 또한 그림에도 재능이 뛰어나 그림을 그리기도 했다. 뿐만 아니라 광물학, 식물학, 골상학, 해부학에도 조예가 깊어 연구를 하는 등 실적을 쌓았다. 괴테는 바이마르 대공화국의 정무를 담당하는 추밀참사관, 추밀고문관, 내가수반으로 약 10년간 정치활동을 했다. 그는 다재다능한 능력으로 자신의 능력을 펼쳐 보인 위대한 천재로 평가받는다. 주요작품으로는 《파우스트》, 《젊은 베르테르의 슬픔》, 《이탈리아 기행》 외 다수가 있다.

용기란 두려움 없는 상태가 아니라 그 두려움에 맞서는 것

자신의 꿈을 이루고 잘 사는 사람과 그렇지 않은 사람의 가장 큰 차이점은 바로 노력하지 않는 것과 의지력이 약한 것에 있습니다. 꿈을 이루는 사람들은 강철보다도 더 강한 의지를 지녔습니다. 강한 의지력으로 노력하기에 그 어떤 고난도 물리치며 자신의 꿈을 이룹니다.

독일이 낳은 최고의 지성이자 대문호인 요한 W. 폰 괴테는 시인, 변호사, 소설가, 정치인, 외교관, 생물학자일 뿐 아니라 그림에도 조예가 깊어 여러 방면에서 천재성을 발휘한 뛰어난 인물입니다. 그가 다방면에서 두각을 나타낼 수 있었던 것은 타고난 천재적 재능에도 있지만 자신이 꿈꾸는 것을 이루기 위한 강철 같은 의지로 노력했기 때문입니다.

그런데 만일 그가 많은 재능을 가졌다고 자신을 게을리하고, 우쭐거리고, 경망스럽게 굴었다면 어떻게 되었을까요. 확언하는 바 오늘의 그는 존재하지 않았을 것입니다.

뛰어난 천재성을 유감없이 보여준 괴테는 세계문학사에 길이 남을 위대한 작가로 지금 이 순간도 많은 사람들에게 꿈과 희망을 전해주고 있습니다.

10대들이 마음에 새겨야 할 것은 충분히 할 수 있는데도 노력하지 않는 건 자신의 능력을 소멸시키는 죄악과 같다는 사실입니다. 이런 부정적인 마음은 잘할 수 있는 것도 막아버리는 걸림돌이 됩니다. 마음으로부터 이 못된 장애물을 뽑아버리세요. 그것이 자신을 잘 되게 하는 가장 확실한 비결입니다.

* 충분히 할 수 있는 데도 노력하지 않는 건 죄악과도 같다. 약한 의지력 또한 스스로를 망치는 죄악이다.

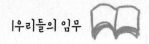

우리들의 중요한 임무는
멀리 있는 것이 아니라,
희미한 것을 보는 것이 아니라,
가까이 있는
분명한 것을 실천하는 것이다.

• 토마스 칼라일

• **토마스 칼라일**Thomas Carlyle (1795~1881) 영국의 사상가. 역사가. 칼라일의 아버지는 그를 성직자로 만들려고 했지만, 정작 그는 회의를 가졌다. 수학에 재능이 있던 그는 수학교사가 되었다. 그러던 중 스코틀랜드 목사이며 신비주의자인 어빙을 만나 교류하였다. 그는 가르치는 일에 흥미를 잃어 수학교사를 포기하고, 법률을 공부하려 했으나 확신을 갖지 못해 방황하였다. 그러던 중 독일문학에 심취하여 괴테를 마음 깊이 존경하였다. 그는 《의상철학》이란 책을 펴내 큰 성공을 거두었다. 그리고 그는 열정을 바쳐 '프랑스 혁명사'를 써서 친구인 J. S 밀에게 빌려주었다가 하녀의 실수로 불태워졌지만, 다시 써서 《프랑스 혁명사》를 펴냈다. 이 책은 그에게 부와 명성을 안겨주었다. 그 후 그는 많은 저서와 강연으로 세계문학사에 거목이 되었다. 주요저서로 《프랑스 혁명사》, 《과거와 현재》 외 다수가 있다.

용기란 두려움 없는 상태가 아니라 그 두려움에 맞서는 것

아무리 좋은 계획도 실천하지 않으면 휴짓조각과 같아서 실천이 따르지 않는 계획은 폐기처분되어야 마땅합니다. 계획은 실천을 효과적으로 실천하기 위한 준비단계입니다. 실천이 따라준 계획은 좋은 결과든 또는 나쁜 결과든 어떤 결실을 맺게 합니다. 좋은 결과는 자신감을 갖게 하고 안 좋은 결과는 성찰을 통해 한 단계 성숙하게 만듭니다.

10대들을 보면 크게 세 가지 부류로 관찰됩니다. 첫째는 계획을 세우고 그 계획대로 실천하는 것이고 둘째는 계획한 대로 하되 하는 둥 마는 둥 하는 것이고 셋째는 계획을 세우고도 실천하지 않는 것입니다.

첫 번째 부류의 10대들은 자신이 원하는 결과를 얻지만 두 번째, 세 번째 부류들은 원하는 결과를 얻지 못합니다. 그래놓고 자신이 얻지 못한 결과에 대해 남의 탓으로 돌리거나 환경을 탓하곤 합니다.

밥이 먹고 싶으면 쌀을 씻고 밥을 해서 먹으면 됩니다. 밥도 하지 않고 밥을 먹으려고 한다면 이는 매우 어리석은 일입니다. 자신이 하고 싶은 일을 이루고 싶다면 그 계획에 따라 충실하게 실천하십시오. 분명한 것을 실천하면 반드시 그 대가는 주어지는 법입니다.

현명하고 부지런한 10대는 자신을 꿈을 이루는 데 낙관적이고 희망적입니다. 지혜롭고 실천적인 10대가 되세요.

* 뜬구름 잡는다는 말이 있는데, 이는 실현 가능성이 없는 것을 말한다. 실현 가능성을 이루기 위해서는 반드시 실천해야 한다. 실천이 곧 해법이다.

승자는 예외 없이
우연이라는 것을 결코 믿지 않는다.

• 프리드리히 니체

• **프리드리히 니체**Friedrich Wilhelm Nietzsche (1844~1900) 19세기 독일의 철학자, 시인. 니체는 개신교 목사의 아들로 태어났다. 종교와 도덕, 문화, 철학, 과학에 대한 비평을 썼으며, 경구(aphorism)에 대한 자신만의 생각을 잘 표현했다. 약관의 24세에 스위스 바젤 대학에서 교수로 고전철학을 가르치며 꾸준히 강연활동을 벌였다. 1872년 첫 작품 《비극의 탄생》을 발표하였다. 그 후 대학을 그만두고 십여 년 동안 긴 방랑생활을 하면서도 꾸준히 집필활동을 하였다. 키르케고르와 더불어 실존주의의 선구자적인 역할을 했으며, 자유주의, 힘의 논리 등의 마키아벨리즘, 권위주의, 반대주의 등에 대해 강력히 비판한 것으로 유명하다. 대표적인 작품으로 《차라투스트라는 이렇게 말했다》, 《인간적인 너무나 인간적인》 외 다수가 있다.

용기란 두려움 없는 상태가 아니라 그 두려움에 맞서는 것

심지도 않은 사과나무에서 사과를 기대한다는 것은 바보 같은 일입니다. 사과가 먹고 싶으면 사과나무를 심고 때마다 거름을 주고 잘 보살펴주어야 싱싱하고 윤기 나는 맛있는 사과를 먹을 수 있습니다.

우리나라 남자 체조에 혜성처럼 등장한 양학선梁鶴善은 2010년 아시아 주니어 기계체조선수권대회 도마 금메달, 역시 같은 대회 링 부문에서 금메달을 획득하였습니다. 그리고 2010년 광저우 아시안게임에서 남자체조단체전 동메달, 개인 도마에서 금메달을 땁니다. 또 2011년 제43회 세계기계체조선수권대회 남자 도마 금메달, 그리고 2012년 대망의 제30회 런던 올림픽 남자체조 도마에서 금메달을 획득하였습니다.

양학선이 런던 올림픽에서 금메달을 딸 수 있었던 것은 남들이 흉내 낼 수 없는 자신만의 기술 즉 색깔을 보여주었기 때문입니다. 그는 도마에서 자신이 계발한 양1(뜀틀을 짚은 뒤 공중에서 세 바퀴를 비틀며 정면으로 착지하는 기술)과 스카라 트리플(뜀틀을 옆으로 돌면서 짚고 몸을 펴고 공중에서 세 바퀴를 비트는 기술) 등의 신기의 기술을 선보였습니다. 이 기술은 세계 그 어느 선수도 시도한 적이 없는 그만의 기술입니다.

양학선의 성공은 우연이 아니라 피나는 노력의 결과입니다. 우연한 성공을 기대하지 마세요. 우연한 성공은 어디에도 없으니까요.

* 성공을 공짜로 바라는 것은 우연한 성공을 기대하는 것과 같다. 이는 그림 속에 있는 꽃에서 향기를 맡으려는 것과 같다.

I성공을 믿어라

성공할 것이라 믿어라.
그러면 성공할 곳이다.

▪ 데일카네기

▪ **데일 카네기**(Dale Carnegie (1887~1955년) 미국출생. 자기계발전문가이자 강연자. 〈데일카네기 연구소〉 소장. 데일 카네기는 처음부터 처세술의 대가가 아니었다. 그 또한 평범한 사람에 불과했다. 그는 위런스버그 주립 사범대학을 졸업하고 네브래스카에서 교사로 아이들을 가르쳤다. 그는 더 늦기 전에 무엇인가 새로운 것에 도전을 해보고 싶어 교사를 그만두었다. 그는 자신의 꿈의 프로젝트인 '인간관계를 위한 대화와 스피치'에 대한 강연을 시작했다. 자신의 삶이 새롭게 변화하기를 꿈꾸던 사람들에게 그의 강연은 매우 획기적인 것이었다. 그의 강연을 들은 사람들은 열광했고, 많은 사람들이 그의 강연을 듣기 위해 몰려왔다. 그는 〈카네기 연구소〉를 설립하고 '인간경영과 자기계발' 강좌를 개설하여 많은 사람들에게 꿈을 심어주었다. 주요저서로 《카네기 처세술》, 《카네기 성공철학》 외 다수가 있다.

용기란 두려움 없는 상태가 아니라 그 두려움에 맞서는 것

어떤 마음을 갖고 도전하느냐는 매우 중요합니다. 마음먹기에 따라 일의 결과가 다르게 나타나기 때문입니다. 성공하고 싶다면 마음의 포인트를 '성공'이라는 목표에 맞추세요.

자기계발 동기부여가이자 인간관계를 위한 처세술의 대가이며 영원한 베스트셀러 《카네기 처세술(How to Win Friend and Influence People)》의 저자인 데일 카네기는 미국 유수의 자기계발전문가 중에서도 독보적인 존재로 유명합니다. 그가 자기계발전문가 중에 전문가가 될 수 있었던 것은 미국사람들은 물론 전 세계인들에게 인간관계의 중요성을 일깨워 능동적인 삶을 살아가는데 있어 막대한 영향을 끼쳤기 때문입니다. 그의 책은 전 세계 각 나라마다 번역 출간되었고, 1936년 초판이 나온 이래 시공을 초월하여 아직까지도 사랑받는 초베스트셀러입니다. 그가 국적을 불문하고, 시공을 불문하고, 계층 간의 사람들을 불문하고 열광적인 성공의 멘토가 될 수 있었던 것은 인간의 삶을 긍정적이고 능동적으로 변화시키는 탁월한 라이프 티처Life Teacher였기 때문입니다. 그의 강연을 듣고 가르침대로 실천한 끝에 성공한 사람들은 숫자를 헤아리지 못할 정도로 많다고 합니다. 그는 자기계발 동기부여가이자 강연자로서 최고의 자리에 오른 입지전적인 인물입니다.

10대들이 자신의 꿈을 이루고 싶다면 데일 카네기가 그랬듯이 성공할 수 있다고 믿고 끝까지 성공을 향해 달려가세요.

---

* 성공에 대한 확신은 강력한 에너지를 발생시킨다. 그 에너지를 성공에 쏟아 부어라.
성공은 확신하는 자에게 자신을 선물로 내어준다.

가장 중요한 사실은
당신이
할수 있다는 것을 아는 것이다.

• 로버트 앨런

• **로버트 앨런**Robert Alan (1915~2014) 미국의 정치인. 예일 대학교 교수역임. 앨런은 1940년 예일 대학에서 정치학 박사학위를 받았다. 그는 1950년대 후반 소수의 파워엘리트가 미국 권력을 독점하고 있다는 사회학자 찰스라이트 밀즈의 주장에 반대해 다원적 민주주의를 제시하는 등 60년 넘게 민주주의 이론 정립에 열정을 쏟았다. 그는 미국 철학회, 미국 학술원 회원을 지내는 등 활발한 연구 활동을 펼친 것으로 유명하다. 그를 두고 미국의 외교전문매체 '포린 어페어'는 1985년 그를 '미국 정치학의 학장'이라고 부르며 높이 평가하였다. 주요저서로 《민주주의 이론 서문》, 《누가 통치하는가》, 《민주주의와 그 비판자들》, 《미국 헌법은 얼마나 민주적인가》 등이 있다.

용기란 두려움 없는 상태가 아니라 그 두려움에 맞서는 것

전설의 테너 엔리코 카루소Enrico Caruso는 어린 시절 공장에서 일하며 집안일을 도왔습니다. 학교에 다니고 싶어도 다닐 수 없었지만 꿈이 있었습니다. 최고의 테너가수가 되는 거였습니다. 자신의 꿈을 이루기 위해 일이 끝나면 열심히 노래 연습을 했습니다. 노래를 부를 땐 눈물이 날 만큼 행복했습니다.

그러던 어느 날 어떤 선생으로부터 음악에 소질이 없다는 말을 듣고 슬픔에 잠겼습니다. 침울해 있는 그를 보고 '카루소, 나는 네가 훌륭한 가수가 될 수 있다고 믿는다. 그러니 지금처럼 열심히 하렴.'하고 그의 어머니가 격려했습니다. 어머니 말에 용기를 낸 카루소는 노력한 끝에 최고의 테너가 됩니다.

세계 최고의 동화작가로 불리는 안데르센은 글쓰기를 좋아해서 자신이 쓴 동화를 사람들에게 읽어주곤 했습니다. 그런데 어떤 여자가 너는 글쓰기에 소질이 없다고 하자 울면서 슬퍼하였습니다. 그 때 그의 어머니가 말했습니다.

"안데르센, 내가 볼 땐 넌 틀림없이 훌륭한 작가가 될 거야. 그러니 아무 생각하지 말고 열심히 쓰렴. 나는 너를 믿는다."

어머니의 말에 용기를 얻은 안데르센은 누가 뭐라고 해도 흔들리지 않고 열심히 글쓰기에 몰두하였고 마침내 최고의 동화작가가 되었습니다.

인생에서 가장 중요한 사실은 자신도 잘할 수 있다는 생각을 갖는 것입니다. 그리고 그 생각을 실현하기 위해 카루소와 안데르센처럼 노력하십시오.

* 자신도 잘 할 수 있다고 믿는 마음은 참 좋은 마음이다. 언제나 자신을 믿고 실행하라.

*
정직은 언제나 옳다.
정직은 죽지 않는다.
그래서 정직은 영원으로 남는다.
정직!
정직은 모든 것의 최선이다.

*
자신에게 진실한 사람은
모두에게 진실하지만,
자신에게 불성실한 사람은
모두에게 불성실하다.
세상은 자신에게 진실한 사람을 원한다.
그 어떤 시련 앞에서도 진실을 버리지 마라.

*
땀방울은 사람을 속이지 않는다.
땀방울의 양에 따라 일의 성과는 비례한다.
땀방울을 흘려라.
땀방울을 흘리며 책을 읽고
땀방울을 흘리며 공부를 하고
땀방울을 흘리며 자신의 인생을 개척하라.

*
미래는 미래를 위해
최선의 노력을 다 하는 자들의 것이다.
꿈이 크고 이상이 높다고 해서
미래의 주인공이 되는 것은 아니다.
꿈이 크고 이상이 높다면
그 이상의 노력을 해야 한다.
말만 앞세운다고 해서
이루어지는 것은 어디에도 없다.

*
인간의 참된 자유를 가로막는 것은
물질에 대한 끝없는 욕망이다.
물질의 욕망이 인간의 마음을 어둡게 하고,
인간의 본성을 속박한다.
진정한 자유인이 되길 원한다면
물질의 욕망으로부터 벗어나야한다.
무소유의 마음이 진정한 자유이다.

*
목표가 완성작이라면
실천은 스케치 한 것에
물감을 칠하는 것이다.

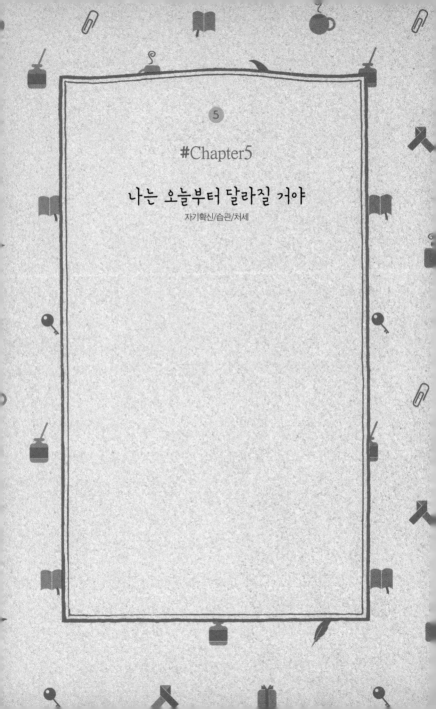

5

#Chapter5

나는 오늘부터 달라질 거야

자기확신/습관/처세

마음의 걱정은 현명이란 단단한 뿌리의 나무를
잔바람 앞에서도 흔들리는 갈대가 되게 한다.

더 빠르고 강한 자가
삶의 전투에서 이기는 것은 아니다.
이길 수 있다고 생각하는 자가
승리를 거머쥐는 것이다.

• 존 우든

• 존 우든John Wooden (1910~2010) 미국의 농구 코치. 존 우든은 인디애나 주 웨스트라피엣에 있는 퍼듀대학교 재학시절 수비수로 활동한 3시즌 동안(1930~32) 농구선수로서 '올 아메리카 아너스'와 체육 및 학업 우수자로 '빅 텐(서부지구 메달)'을 받았다. 그 후 고등학교 농구코치를 거쳐 인디애나주립대학 농구 수석코치와 체육 감독을 했다. 그는 4시즌 동안 88경기 연승, 토너먼트전 39경기 연승으로 2개의 신기록을 세웠으며, 캘리포니아대학교 로스앤젤레스 분교 팀을 이끌어 12시즌에 (1964~1965, 1967~1973) 미국대학체육협회 우승을 10번이나 했다. 올해의 농구코치 상을 6차례나 받았다. 그는 농구 명예의 전당에 선수와 코치로 각각 오른 첫 번째 인물이다. 저서로 《우든의 리더십》이 있다.

나는 오늘부터 달라질 거야

힘이 강하다고 전투에서 이기는 것은 아닙니다. 힘 보다는 이길 수 있는 전략이 필요합니다. 용장보다는 지장이 더 싸움에서 이길 확률이 높은 이유는 용은 '힘'을 상징하지만 '지'는 지혜를 상징하기 때문입니다.

삼국지의 유비劉備는 무용이 뛰어난 관우關羽, 장비張飛, 조운趙雲이 있어도 좀처럼 세력을 키우지 못했었는데 전략을 입안해 줄 지혜 있는 인재가 필요하다는 점을 뒤늦게야 깨닫고 당시 최고의 지략을 갖췄다고 평가받는 제갈량諸葛亮을 자신의 곁에 두기 위해 찾아갔습니다. 유비는 뜻을 이루기 위해 체면을 내려놓고 세 번이나 찾아간 끝에 자신의 사람으로 만들었습니다. 유비는 물고기가 물을 만났다며 기뻐하였습니다.

유비의 생각대로 제갈량은 지략이 뛰어나 내세우는 전략마다 성공하며 유비가 중국을 3분할 정도의 나라를 세우는데 일등공신이 되었습니다.

또한 고구려의 명장 을지문덕乙支文德,은 지혜를 발휘하여 수나라 30만 대군을 살수(지금의 청천강)에서 크게 물리쳤는데 강물을 막아 만든 둑을 터트려 손쉽게 승리했던 것입니다.

힘보다는 지혜를 길러야 합니다. 힘은 절대로 지혜를 이기지 못합니다. 동물 중에서 가장 약한 힘을 가진 인간이 만물의 영장이 되었던 것은 머리를 써서 동물이 따라오지 못할 힘을 가진 도구를 만들었기 때문입니다. 힘 위에 지혜가 있음을 잊지 마세요.

---

* 지혜는 얽히고설킨 어려운 난제도 능히 해결할 수 있는 전략의 원천이다.

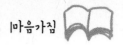
마음가짐

성공은 마음가짐의 문제다.
성공을 원한다면 먼저 스스로를
성공한 인물로 생각하라.

• 조이스 브러더스

45세에 미국 제너럴일렉트릭의 최고경영자가 된 잭 웰치는 세기의 경영인이라는 칭호를 받았습니다. 그는 어떻게 해서 그런 평가를 받는 인물이 되었을까요. 그는 인재들을 매우 중요하게 여기고, 각 분야에서 자신의 능력을 발휘할 수 있도록 끊임없이 격려하고 뒷받침해주었습니다. 그의 진정성을 알게 된 직원들은 그의 믿음에 부응하기 위해 최선을 다했습니다.

잭 웰치는 자신이 직접 경영진에게 교육을 시도했던 것으로 유명하기도 합니다. 지시가 아닌 솔선수범의 리더십을 발휘했던 것입니다. 열정적인 그의 모습에 감동받은 경영진 역시 웰치처럼 능동적으로 움직였습니다. 그러니 어떻게 잘 되지 않을 수 있었겠습니까.

또한 잭 웰치는 창의력의 독보적 존재이기도 했습니다. 그가 생각하고 시도하는 것은 늘 새로운 것을 시도하는 것이었고 제너럴일렉트릭사는 일취월장하며 세계 경제의 중심이 될 수 있었던 것입니다.

그러나 무엇보다 잭 웰치가 성공할 수 있었던 것은 늘 자신을 성공한 인물로 생각했다는 데 있습니다. 그런 생각은 마음을 단단하게 해주었고, 고난을 극복하는 데 큰 힘이 되었습니다.

이렇듯 모든 것은 마음가짐에 달려있습니다. 자신이 잘 되고 싶다면 마음가짐을 반듯하게 하세요. 반듯한 마음가짐은 성공의 마음입니다.

* 마음가짐이 반듯하면 못 이룰 것이 없다.

|승리의 필수요소

이길 수 있다고 생각하면
이길 수 있다.
신념은 승리의 필수요소다.

▪ 윌리엄 해즐릿

⟨ **윌리엄 해즐릿**(William Hazlitt (1778~1830) 영국의 작가. 비평가. 어린 시절부터 독서와 그림에 흥미
가 많아 많은 책을 읽고 그림을 즐겨 그렸다. 찰스 램, 윌리엄 워즈워스 등의 작가와 우정을 나눴으
며 이들과의 교류는 그가 글을 쓰는 데 많은 도움이 되었다. 철학에 흥미가 많았던 그는 1805년 자
신의 첫 번째 책인 《인간의 행동원리》를 펴냈다. 그는 왕성한 집필로 비평가, 언론인. 수필가로 명
성을 쌓아나갔다. 그는 《섹스피어 극의 인물들》로 큰 호평을 받았으며 특히, 평론집 《담화문》, 《솔
직하게 이야기하는 사람》은 가장 유명한 저서이다. 그러나 무엇보다 그가 많은 인기를 얻은 데에는
인간애 넘치는 수필이 절대적으로 작용했다. 그리고 기교와 허세를 부리지 않는 진솔한 문체와 지
성미 넘치는 문장에 있다. 주요작품으로 《시대정신》, 《영국 시인론》 외 다수가 있다.

나는 오늘부터 달라질 거야

링컨Abraham Lincoln이 오랜 세월이 지나도록 존경받는 이유는 자신의 신념을 확고하게 실천해 냈기 때문이었습니다. 많이 알려졌듯이 링컨은 정규학교 과정을 밟지 못했지만 풍부한 독서를 통해 지식과 지혜를 습득했습니다. 그는 가난이 무엇인지 배고픔이 무엇인지 삶의 존귀함이 무엇인지 자신의 경험을 통해 너무도 잘 알고 있었습니다. 또한 링컨은 사람이 사람을 구속하고 억압하는 것은 인권을 유린하고 그 사람의 자유와 평화를 강탈하는 반인륜적인 일이라는 것이 어린 시절부터 그의 가슴에 신념처럼 굳어져 있었습니다. 그는 그 어떤 대통령도 이루지 못한 노예해방을 부르짖고 정적은 물론 미국사회의 기득권층들의 강력한 제재에도 굴하지 않고 자신의 신념을 실천으로 옮겼습니다. 링컨 역시 많은 고민을 했을 것입니다. '그냥 편히 가는 대통령이 될까, 아니면 죽음을 무릅쓰고서라도 자신의 신념대로 할까'하고 말입니다.

결국 그는 편하고 안전한 길을 버리고 화약고 같은 길을 택합니다. 그리고 마침내 자신의 신념대로 노예를 해방시킵니다. 이 일은 미국은 물론 전 세계적으로도 획기적인 일이었습니다. 링컨은 자신의 신념을 실천한 대가로 죽음을 맞았지만, 그랬기에 그는 두고두고 위대한 신념의 실천가로 존경받고 있습니다.

신념은 보지 못하는 것들에 대한 확신입니다. 자신의 꿈을 실현시키기 위해서는 신념을 갖고 그 어떤 어려움도 주저하지 말고 나가야 합니다.

* 신념은 모든 것을 가능하게 하는 긍정의 원동력이다. 용기, 의지, 끈기, 패기, 불굴의 정신, 극기, 도전정신, 등 모두는 강한 신념에서 나온다.

생각을 집중해야
바라던 결과를 얻을 수 있다.

• 지그 지글러

• **지그 지글러**Zig Ziglar (1926~) 미국의 작가. 자기계발전문가. 그는 1970년부터 전 세계를 다니며 강력한 감화력을 지닌 연설을 해왔다. 또한 그는 레이건 대통령, 부시 대통령, 파월 장관, 로버트 슐러 박사와 함께 연단에서 연설을 하는 등 뛰어난 연설가이다. 그는 《1일 1분 특강》, 《시도하지 않으면 아무것도 할 수 없다》 등 세일즈, 리더십, 가족, 성공에 관한 책을 21권을 저술하였다. 이 중 9권이 베스트셀러가 되었으며 38개국의 언어로 번역 출간되었다. 주요저서로 《정상에서 만납시다》, 《정상으로 가는 계단》, 《진심을 팔아라》, 《내가 할 수 있다면 당신도 할 수 있다》, 《정상을 넘어서》 외 다수가 있다.

나는 오늘부터 달라질 거야

성공한 사람들에게는 여러 성공요소가 있는데 그중 하나가 빼어난 집중력입니다. 그들은 자기 일에 최대한 집중합니다. 우리나라가 낳은 세계적인 발레리나인 강수진은 하루에 무려 16시간이나 연습에 몰두했다고 합니다. 피겨의 여왕 김연아 역시 집중해서 연습을 거듭한 끝에 세계 최고가 된 것입니다.

공부할 때 집중력을 활용한다면 학습 효과를 극대화 시킬 수 있습니다. 한 시간을 집중해서 공부를 하는 것이 산만한 가운데 다섯 시간을 공부하는 것보다 더 효과적입니다.

그러면 어떻게 집중력을 높일 수 있을까요. 결국 그것을 좋아하는 것밖에는 없습니다.

운동에 꿈을 가졌다면 자신이 좋아하는 운동에 집중하고, 노래하는 꿈을 가졌다면 노래하는 데 집중하고, 그림 그리는 꿈을 가졌다면 그림 그리기에 집중하고, 글쓰기에 꿈을 가졌다면 글쓰기와 책 읽기에 집중하십시오.

좋아하는 것을 하면 집중력이 높아집니다. 강수진이나 김연아가 좋아하는 일이 아니었다면 어떻게 10시간 넘게 연습할 수 있었겠습니까. 집중되지 않는 것은 하기 싫어서일 텐데 대부분 왜 해야 하는지 모르기 때문입니다. 지금 싫어하는 것이 반드시 해야만 하는 것이라면 왜 해야 하는지 이유를 알아보고 재미있게 하기위한 방법도 강구해보세요. 재미가 생기면 저절로 집중력도 따라옵니다. 싫어하는 것을 몇 시간씩 집중해서 할 수 있는 사람은 없습니다.

＊ 생각을 하나로 끌어모아 집중할 때 놀라운 결과를 이끌어 낸다. 집중력이 능력을 최대로 극대화시킨다.

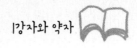

강자와 약자

길을 가다 돌을 만나면
강자는 그것을 디딤돌이라고 말하고,
약자는 그것을 걸림돌이라고 말한다.

• 토마스 칼라일

....

• **토마스 칼라일**Thomas Carlyle (1795~1881) 영국의 사상가. 역사가. 칼라일의 아버지는 그를 성직자로 만들려고 했지만, 정작 그는 회의를 가졌다. 수학에 재능이 있던 그는 수학교사가 되었다. 그러던 중 스코틀랜드 목사이며 신비주의자인 어빙을 만나 교류하였다. 그는 가르치는 일에 흥미를 잃어 수학교사를 포기하고, 법률을 공부하려 했으나 확신을 갖지 못해 방황하였다. 그러던 중 독일문학에 심취하여 괴테를 마음 깊이 존경하였다. 그는 《의상철학》이란 책을 펴내 큰 성공을 거두었다. 그리고 그는 열정을 바쳐 '프랑스 혁명사'를 써서 친구인 J. S 밀에게 빌려주었다가 하녀의 실수로 불태워졌지만, 다시 써서 《프랑스 혁명사》를 펴냈다. 이 책은 그에게 부와 명성을 안겨주었다. 그 후 그는 많은 저서와 강연으로 세계문학사에 거목이 되었다. 주요저서로 《프랑스 혁명사》, 《과거와 현재》 외 다수가 있다.

나는 오늘부터 달라질 거야

토마스 칼라일은 말했습니다.

"길을 가다 돌을 만나면 강자는 그것을 디딤돌이라고 말하고, 약자는 그것을 걸림돌이라고 말한다."

이 말에 대해 10대들은 어떻게 생각하는지 묻습니다.

여기서 강자는 물리적인 힘이 센 사람이 아니라 인내심이 많고, 의지가 굳어 포기를 모르는 사람을 말합니다. 이런 사람은 어려운 일을 만나도 대수롭지 않게 여깁니다.

약자는 다르다. 인내심이 부족하고 의지가 약해 약간의 어려운 일을 만나면 쉽게 포기하고 맙니다. 이점이 강자와 약자의 차이이며, 그 결과는 놀라울 정도입니다. 강자는 자신의 뜻을 이루고 기쁨으로 가득 차지만, 약자는 스스로를 질책하며 괴로움에 잠깁니다.

자신이 원하는 꿈을 이루고 행복하게 살고 싶다면 강자가 되어야 합니다. 그렇지 못하면 꿈을 이루는 것은 고사하고 한 쪽으로 밀려나 두고두고 후회하는 아픔을 겪게 될 것입니다.

스스로 강해지는 10대가 되십시오. 그래서 원하는 일이라면 그 어떤 일에도 과감하게 도전하십시오. 많이 도전하는 10대가 결국 강해지고 꿈을 이룹니다.

* 강자는 스스로를 이겨내는 힘이 강해 그 어떤 일에도 주저함이 없다. 강자가 되라. 강자만이 꿈을 이룰 수 있다.

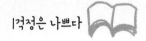
걱정은 나쁘다

걱정이란
건강치 못한 마음의
파괴적인 습관에 지나지 않는다.
이런 걱정을 우리 마음에서 떨쳐버려야 한다.
걱정은 그 어떤 일에도
전혀 도움이 되지 않기 때문이다.

▪ 노만 V. 필

▪ **노만 빈센트 필**Norman Vincent Peale (1898~1993) 목사. 저술가. 자기계발동기부여가. 뉴욕 마블 협동교회에서 시무 52년을 포함하여 60년 동안을 목사로 사역하였다. 그는 시련과 고통 속에서 절망하는 많은 이들에게 성공적인 삶을 살아가도록 용기와 꿈을 주는 일에 평생을 받쳤다. 발행 부수 1,600만 부인 〈가이드 포스트〉를 발행하여 독자들로부터 많은 사랑을 받았다.
그의 대표작인 《적극적인 사고방식》은 현재 42개 언어로 번역되어 2,000만 부 이상이 팔린 초대형 베스트셀러이다. 그 외의 저서로는 《세상과 나를 움직이는 삶의 기술》 등 45권의 저서가 있는데, 대부분의 책이 번역되어 전 세계적으로 널리 읽히고 있다.

쓸데없는 걱정은 그 어떤 일에도 전혀 도움이 되지 않습니다. 걱정은 나쁜 친구와 같아서 사사건건 부정적인 마음을 갖게 만들기 때문입니다.

옛날 중국 기杞나라의 어떤 사람이 하늘이 무너질까, 땅이 꺼질까 걱정하여 잠도 편히 못자고, 밥도 잘 먹지 못했다고 합니다. 그래서 생긴 말이 '기인지우杞人之憂'인데 이를 줄여 '기우杞憂'라고 합니다. '쓸데없는 걱정'이란 뜻으로 기우라는 말을 쓰고 있습니다.

이 예화에서 보듯 일어나지도 않을 일을 미리부터 걱정한다는 것은 아무런 도움도 되지 않습니다. 도리어 병을 얻게 하는 요인이 될 뿐입니다.

어떤 고등학생은 '시험'때문에 미리부터 걱정하곤 해서 정신적 스트레스로 병원치료를 받은 적이 있다고 합니다. 시험으로 인해 고통 받는 10대들이 많다고 하는데 시험이 스트레스를 주는 큰 요인임에는 틀림없는 것 같습니다. 하지만 걱정을 하지 않는 편이 낫습니다. 걱정한다고 해서 점수가 올라가지 않습니다. 차라리 그럴 시간에 실력을 키우는 것이 낫습니다. 그냥 밥 먹는 것처럼 물 마시는 것처럼 자연스럽게 생각하세요. 자신에게 최면을 걸다 보면 자신도 모르게 편안하게 받아들이게 됩니다. 그러면 시험도 더 잘 볼 수 있고, 시험에서 겪는 스트레스를 공부하는데 열정으로 쏟을 수 있어 좋습니다.

걱정은 아무 데도 쓸모없는 헛된 생각일 뿐입니다.

* 걱정은 캄캄한 길을 갈 때처럼 마음을 불안하게 하는 나쁜 도적과 같다.

절대적인 힘은 어디에서 올까

자신에 대한 존경,
자신에 관한 지식,
자신에 대한 억제,
이 세 가지가
생활에 절대적인 힘을 가져온다.

• 알프레드 테니슨

• **알프레드 테니슨**Alfred Tennyson (1809~1892) 영국의 계관시인. 그는 에드워드 3세 왕의 후손이다.
케임브리지에 있는 트리니티 칼리지에 입학하여 공부했다. 그는 1827년 형 찰스와 함께 시집 《두
형제가 쓴 시》를 발간했고, 1833년 《샬럿의 숙녀》를 발간했다가 혹독한 비평을 받고 10년간 침묵
하며 지냈다. 그러다 1842년 《알프리드 테니슨의 시》를 발간하여 연금을 받게 되었으며, 1847년 서
사시집 《공주》를 발간하고, 1850년 윌리엄 워즈워스의 후임으로 계관시인이 되었다. 그 후 《모드》,
《왕의 목가》, 《이노크 아든》, 《모래톱을 넘어》를 발간하였다. 1884년 테니슨 남작에 서임되었다. 주
요작품으로 시집 《공주》, 《모래톱을 넘어》 외 다수가 있다.

성공적 삶을 사는 사람과 그렇지 않은 사람의 차이점은 자신을 얼마나 소중하게 생각하느냐에 달려 있습니다. 자신을 사랑하고 존경하면 절대 함부로 살지 못합니다. 그것은 소중한 자신에 대한 배반이기 때문입니다. 그래서 자신이 하는 일을 더 잘하려 하고, 성공하기 위해 힘씁니다. 그러니 어떻게 잘 되지 않을 수 있겠습니까.

하지만 자신을 사랑하고 존경하지 않는 사람은 자신을 함부로 대합니다. 그러다 보니 무슨 일이든 건성건성 하고, 애착심이 없습니다. 그러니 잘 될 까닭이 없습니다. 그냥 대충 사는 게 고작입니다.

인생은 누구에게나 단 한 번뿐입니다. 그러니 이 소중한 인생을 후회 없이 살아야 합니다. 그것이 자신의 인생에 대한 예의이고, 자신을 낳아 길러준 부모님에 대한 도리이기도 합니다.

자신이 후회 없는 인생이 되기 위해서는 자신을 사랑하고 존경하되, 자신을 잘 알아야 합니다. 또한 자신을 억제할 수 있는 자제력도 길러야 합니다. 그렇지 않으면 뜻하지 않는 일로 고통을 겪게 되고, 그로 인해 자신의 인생을 추락시킬 수 있습니다.

한 번뿐인 인생이니 후회 없는 삶을 살 수 있도록 자신을 가꿔 보세요.

* 자신을 사랑하고 격려하면 창조적인 에너지가 발생한다.

모든 인생은 습관이 결정한다

습관은 인생을 좌우한다.

- 워런 버핏

- **워런 버핏**Warren Buffett (1930~) 기업가이자 투자가. 버크셔 헤서웨이 회장. 워싱턴 포스트 이사. 그는 투자의 귀재, 투자의 달인으로 불리며 펀드계의 큰 손으로 통한다. 뛰어난 투자실력과 기부활동으로 인해 흔히 '오마하의 현인'이라고 불린다. 수많은 기부로도 유명한 그가 기부를 하는 이유는 자신이 많은 자산을 모은 것은 온전히 자신의 능력이 뛰어나서가 아니라 여러 측면에서 사회적인 덕을 본 거라고 생각하기 때문이다. 그는 기업가로의 사회적인 책임을 다하기 위해 자신의 신념을 실천에 옮기는 것이다. 그는 공로를 인정받아 미국 자유훈장을 수훈하였으며, 저서로 《주식 말고 기업을 사라》, 《주식투자 콘서트》가 있다.

워런 버핏이 많은 사람들에게 회자되는 것은 그가 세계 3위의 재산가라는 이유만은 아닙니다. 또한 그가 버크셔 해서웨이의 최고경영자라는 것은 더더욱 아닙니다. 그것은 그가 자신의 재산의 85%인 370억 달러(2008)를 빌&멜린다 게이츠재단에 기부하겠다고 공언했기 때문입니다. 370억 달러는 단일 기부금액으로는 가장 큰 액수입니다. 이처럼 천문학적인 돈을 기부한다는 것은 절대 쉽지 않은 일입니다.

그런데 그는 아낌없이 기부하겠다고 만천하에 공표한 것입니다. 그의 공언을 들은 수많은 사람들은 정말 놀라운 일이라는 반응을 보였고 아름다운 용단에 대해 존경의 박수를 보냈습니다.

워런 버핏이 더욱 돋보이는 것은 빌 게이츠와 함께 미국뿐만 아니라 전 세계적으로 부자들을 만나 기부를 권유하는 등 기부문화를 펼치는 데 앞장서고 있다는 데 있습니다.

워런 버핏이 성공할 수 있었던 힘은 무엇일까요. 그것은 그의 성공습관에 있습니다. 그는 경제전문가답게 경제에 관한 책을 꾸준하게 숙독하고, 그것을 바탕으로 투자에 대한 연구를 게을리하지 않았습니다. 그가 투자하는 것마다 성공하는 데는 그의 성공습관에 있었던 것입니다.

'습관이 인생을 좌우한다'는 워런 버핏의 말을 가슴에 새겨 실천하세요.

* 좋은 습관은 성공의 길로 이끄는 자산과 같다.

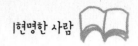

현명한 사람

현명한 사람은
남의 욕설이나 비평에
귀 기울이지 않는다.
또한
남의 단점도 보지 않는다.

• 채근담

....

• **채근담** 명나라 고전문학가인 홍자성(본명 홍응명)의 어록으로 삼교일치의 처세 철학서이다. 채근담
은 경구 풍의 단문 350여 조로 구성되어 있다. 중국에서는 잘 알려지지 않았으나 한국에서는 널리
읽혔다.

지은이에 대해 잘 알려지지 않은 것이 아쉬움으로 남지만, 진사 우공겸의 친구로 쓰촨 성의 사람
으로 추정할 뿐이다. 저서로는 《선불기종》 8권이 있으며, 《채근담》과 함께 《희영헌총서》에 들어가
있다.

나는 오늘부터 달라질 거야

남에 말이나 비판에 귀 기울이지 않는다는 것은 매우 힘든 일입니다. 더구나 자신이 억울한 소리를 듣게 된다면 더더욱 힘들지요. 그래서 대개의 사람들은 자신이 비난을 듣거나 나쁜 말을 듣게 되면 그 말을 한 사람에게 따져 묻게 됩니다. 자신의 결백을 증명하기 위해서입니다.

그런데 채근담에는 남의 욕설이나 비평에 귀 기울이지 말라고 합니다. 왜일까요. 그것은 현명한 사람이 아니라는 것인데요. 어떻게 보면 그것은 현자들이나 할 수 있는 일이지만 그럼에도 불구하고 현명한 사람이 되라고 조언합니다.

사실 증거가 없는 말은 뿌리 없는 나무와 같아, 얼마쯤 지나면 사라지고 맙니다. 그래서 헛말은 아무 쓸모 없는 말일 뿐입니다. 헛말에 민감하게 반응하지 말라는 것도 다 이런 까닭입니다.

그리고 남의 단점도 보지 말라고 했는데, 그 이유는 단점을 자꾸 보다 보면 그 사람의 장점을 보지 못하게 됩니다. 그렇게 되면 좋은 사람을 사귀는 데 문제가 생기게 도고 결국 자신에게 손해가 될 뿐이라는 것입니다.

현명한 사람이 되어 누구와도 잘 어울리며 행복하게 살고 싶다면 남을 욕하지 말고, 비평하지 말며, 남의 단점 대신 장점을 보는 눈을 길러야 합니다. 게다가 칭찬하고, 격려하는 마인드마저 기른다면 자신에게 큰 덕이 될 것입니다.

＊ 남이 하는 헛된 말은 무시하고, 남을 비난하는 말은 절대 삼가라. 그것이 현명한 사람이 취해야 할 언행이다.

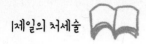
친절한 마음,
타인에 대한 존경은
처세법의 제일 조건이다.

▪ 아미엘

▪ **아미엘**Amiel (1821~1881) 스위스 작가. 스위스 제네바대학의 미학 교수와 철학 교수로 재직하였다. 그는 사회적인 성공에도 자신을 실패한 인생이라 여겨, 1847년부터 쓰기 시작해 죽을 때까지 《내면의 일기》를 쓰는 데 전념하였다. 그중 일부를 《내면의 일기 단편》이라는 제목으로 출판하였다. 이 책은 불신으로 가득 찬 세상에 대항해 높은 지성과 예리한 감수성을 지닌 인간이 삶의 가치를 찾고자 투쟁하는 모습을 보여준다. 이 책은 널리 읽힘으로 써 그의 명성을 한껏 높여주었다. 주요저서로 《내면의 일기》 외 다수가 있다.

'친절은 무형의 자산과 같다'는 말이 있습니다. 이는 친절은 자신이 잘 되는 데 큰 도움이 된다는 것을 뜻합니다. 친절한 사람을 보면 기분이 좋고, 그 사람과 친구가 되면 좋겠다는 생각도 드는 건 다 이런 이유에서일 겁니다.

미국 제25대 대통령인 윌리엄 매킨리William McKinley는 고민에 빠졌습니다. 유능한 두 친구 중 누굴 고위직에 임명할까, 생각에 생각을 거듭하였습니다. 그러다 지난날을 떠올려 보았습니다. 그가 친구와 같이 전차를 타고 가던 중 짐을 든 어떤 여자가 전차에 올랐습니다. 그녀는 짐 때문에 쩔쩔맸지만 친구는 바로 옆에 있으면서도 못 본척했습니다. 그래서 멀리 떨어져 있던 매킨리가 다가가 그녀의 짐을 옮겨주고 자리를 양보해주었습니다. 그때 일이 생각난 것입니다.

매킨리는 누구를 임명할지를 결정하였습니다. 그는 자신과 함께 전차를 탔던 친구 대신 다른 친구를 임명하기로 했습니다. 그 친구는 친절한 성품을 가졌기 때문입니다.

친절은 사람들과의 관계를 좋게 해주는 소통의 필수요소입니다. 그래서 친절한 사람이 좋은 이미지를 심어줌으로써 사람들과의 관계가 좋은 것입니다. 그리고 나아가 자신이 원하는 것을 성취하는 성취도도 높습니다.

친절한 사람이 되십시오. 친절한 사람에게는 적이 없습니다.

---

* 친절한 사람은 보기만 해도 기분이 좋다. 친절은 사람을 기분 좋게 하는 삶의 향기다.

겸손의 미덕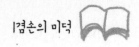

항상 겸손한 사람은
남에게 칭찬을 들었을 때나
험담을 들었을 때나
변함이 없다.

• 장 폴 사르트르

• 장 폴 사르트르Jean Paul Sartre (1905~1980) 프랑스 실존주의 철학자. 소설가. 극작가. 평론가. 국립
고등사범학교인 에콜 노르말 쉬페리에르를 졸업하고 교사생활을 하다 프랑스 문화원의 장학생으
로 베를린으로 유학하여 현상학을 연구하였다. 그 후 교직 생활을 하며 단편 〈벽〉을 썼으며 《구토》
를 출판함으로써 문학계에 널리 알려졌다. 1943년 《존재와 무》를 출판하여 철학자로서의 지위를
굳혔다. 잡지 〈현대〉를 창간하고 실존주의에 대해 논하며 소설, 평론, 희곡 등을 활발히 집필하였
다. 1964년 노벨문학상 수상자로 결정되었으나 수상을 거부하였다. 시몬 드 보부아르와의 계약결
혼으로 파격적인 행보를 보이며 세간의 이목을 집중시킨 것으로 유명하다. 주요작품으로는 《구토
La Nausee》, 《파리 Lee Mouches》 등 다수가 있다.

나는 오늘부터 달라질 거야

미국 국민들이 가장 존경하는 대통령인 에이브러햄 링컨은 겸손한 것으로 유명합니다. 그는 사람들을 대할 때 항상 친절하게, 자신을 내세우지 않는 겸허한 자세로 대했습니다. 다음은 그가 얼마나 겸손한 인품을 지닌 사람인지를 잘 알게 하는 이야기입니다.

링컨은 손수 구두를 닦아 신었다. 그 날도 그가 직접 구두를 닦고 있었는데 그 모습을 참모가 보고 말했다.

"대통령님, 사람을 시키지 않고 직접 구두를 닦으십니까?"

"내 구두는 내가 직접 닦아 신어야지. 안 그런가?"

링컨은 이렇게 말하며 미소 지었습니다. 그 모습을 보고 참모는 그가 왜 국민들의 존경을 받는지를 다시 한 번 느꼈습니다.

조금만 지위가 있어도 아랫사람들을 함부로 대하는 사람들, 자신의 권위를 내세워 불법을 저지르는 사람들, 자신을 과시하고 거드름을 피우는 사람들은 겸손과는 거리가 멉니다. 그래서 사람들로부터 원성을 사고, 급기야는 자리에서 쫓겨나는 예가 비일비재합니다.

사람들은 겸손한 사람을 좋아합니다. 겸손한 사람에겐 적이 없습니다. 겸손한 사람은 상대를 함부로 대하지 않는다는 믿음 때문입니다.

* 겸손한 사람은 어딜 가든 환영을 받는다. 그것은 겸손은 경계심을 풀게 하는 미덕이기 때문이다.

인간의 입은 하나 귀는 둘이다.
이것은 듣기를 배로 하려고 하는 것이다.

• 탈무드

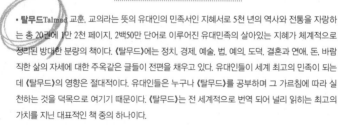

....

• **탈무드**Talmud 교훈, 교의라는 뜻의 유대인의 민족서인 지혜서로 5천 년의 역사와 전통을 자랑하
는 총 20권에 1만 2천 페이지, 2백50만 단어로 이루어진 유대민족의 살아있는 지혜가 체계적으로
정리된 방대한 분량의 책이다. 《탈무드》에는 정치, 경제, 예술, 법, 예의, 도덕, 결혼과 연애, 돈, 바람
직한 삶의 자세에 대한 주옥같은 글들이 전면을 채우고 있다. 유대인들이 세계 최고의 민족이 되는
데 《탈무드》의 영향은 절대적이다. 유대인들은 누구나 《탈무드》를 공부하며 그 가르침에 따라 실
천하는 것을 덕목으로 여기기 때문이다. 《탈무드》는 전 세계적으로 번역 되어 널리 읽히는 최고의
가치를 지닌 대표적인 책 중의 하나이다.

나는 오늘부터 달라질 거야

남이 하는 얘기를 잘 들어주는 것을 '경청'이라고 합니다. 사람들은 대개 말을 잘하는 사람보다도 자신의 말을 잘 들어주는 사람들에게 믿음을 갖습니다. 왜 그럴까요. 그런 사람은 상대방을 이해하는 배려심이 좋다고 생각하기 때문입니다. 그래서 경청을 잘하는 것이 말을 잘하는 것 이상으로 대화를 잘한다고 평가되는 것입니다.

자기계발전문가로 유명한 미국의 데일 카네기가 어떤 모임에서 있었던 이야기입니다. 그는 어떤 식물학자와 이야기 중이었습니다. 식물학자는 식물학자답게 식물을 잘 기르는 법부터 식물의 다양한 종류에 대해 침까지 튀겨가며 열심히 설명하였습니다. 카네기는 그의 말을 열심히 들어주었습니다. 가끔 모르는 것은 묻기도 하였습니다. 카네기는 식물학자의 이야기를 몇 시간 동안 진지하게 들어주었습니다.

그런데 어느 날부터 카네기는 대화의 명수라는 소문이 나돌았습니다. 이에 궁금해진 카네기는 누가 그런 말을 했는지를 알아보았습니다. 며칠이 지난 뒤 그렇게 말한 사람은 바로 식물학자라는 것을 알게 되었습니다. 식물학자는 자신의 말을 잘 들어준 카네기야말로 상대방을 배려하는 마음이 좋다는 것을 대화를 잘한다고 말했던 것입니다.

상대방의 관심을 끌기 위해서는 말을 잘 들어주십시오. 사람은 누구나 자신의 말을 잘 들어주는 사람을 좋아합니다.

* 경청은 상대에 대한 예의이며, 상대를 자신에게로 이끄는 최선의 대화이다.

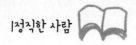
정직한 사람

정직한 사람은 자기를 지배하지만
정직하지 않은 사람은 욕망에 지배당한다.

• 탈무드

• **탈무드**Talmud 교훈, 교의라는 뜻의 유대인의 민족서인 지혜서로 5천 년의 역사와 전통을 자랑하는 총 20권에 1만 2천 페이지, 2백50만 단어로 이루어진 유대민족의 살아있는 지혜가 체계적으로 정리된 방대한 분량의 책이다. 《탈무드》에는 정치, 경제, 예술, 법, 예의, 도덕, 결혼과 연애, 돈, 바람직한 삶의 자세에 대한 주옥같은 글들이 전편을 채우고 있다. 유대인들이 세계 최고의 민족이 되는 데 《탈무드》의 영향은 절대적이다. 유대인들은 누구나 《탈무드》를 공부하며 그 가르침에 따라 실천하는 것을 덕목으로 여기기 때문이다. 《탈무드》는 전 세계적으로 번역 되어 널리 읽히는 최고의 가치를 지닌 대표적인 책 중의 하나이다.

나는 오늘부터 달라질 거야

'정직이 최선의 방책이다'라는 말이 있습니다. 이 말은 정직의 중요성을 잘 알게 해줍니다. 국민에게 정직한 정치인은 신뢰를 받고, 직원들에게 정직한 사장은 존경을 받습니다. 정직한 친구는 정직한 친구를 얻고, 정직한 기업은 수많은 고객을 얻습니다.

그러나 정직하지 못한 정치인은 국민들로부터 외면을 받고, 거짓말하는 사장은 신뢰를 잃습니다. 정직하지 못한 친구는 거짓말쟁이 친구와 어울리고, 정직하지 못한 기업은 고객들로부터 불만을 사 망하고 맙니다.

정직한 사람은 자신에게 손해가 따르더라도 정직하게 말하고 행동합니다. 그래서 이런 사람은 처음에는 불이익을 당하지만 결국 믿을 만한 사람이라고 인정받게 되고 큰일에 쓰입니다. 하지만 정직하지 못한 사람은 처음에는 이익을 볼 수 있지만 정체가 드러난 이후에는 어떤 말을 할지라도 신용이 없기에 멀리하게 됩니다.

'양치기 소년' 이야기는 거짓말이 얼마나 무익한 것인지를 잘 알게 합니다. 물론 양치기 소년이 심심하고 지루함을 달래려고 꾸민 것이지만 그 대가는 실로 컸습니다. 늑대가 와서 양들을 죽이는 것을 막고 쫓아줄 사람들에게 목동이 두 번의 거짓말로 신용을 잃게 만들었기 때문에 진짜로 늑대가 왔을 때 양들과 함께 자신의 목숨마저도 잃게 된 것입니다.

* 정직한 사람은 최악의 순간에도 정직성을 잃지 않음으로써 그 순간을 벗어나는 현명함을 보인다.

거짓말쟁이의 비극

거짓말쟁이가 받는 가장 큰 형벌은
그가 다른 사람으로부터
신임을 받지 못한다는 것보다
그 자신이 아무도
믿지 못한다는 슬픔에 빠지는데 있다.

- 버나드 쇼

• **조지 버나드 쇼** George Bernard Shaw (1856~1950) 아일랜드 극작가. 비평가. 수필가. 그는 아일랜드 더블린의 프로테스탄트(개신교)의 집안에서 태어났다. 아버지의 사업 실패로 초등학교만 나와 사환으로 일하며 음악과 그림을 배우며 소설을 썼다. 그는 청소년 시절 부동산중개소에 근무하기도 하고, 에디슨 전화사에 잠시 근무하고는 직업을 가진 적이 없다. 1879년부터 1983년에 걸쳐 5편의 소설을 썼지만 모두 출판사로부터 거절당했다. 그는 마르크스의 자본론에 감동 받아 많은 사상가들과 사귀었다. 그는 신문. 잡지에 비평을 하며 많은 인기를 얻었다. 그리고 그는 극작가로 〈캔디다〉, 〈인간과 초인〉외 많은 작품으로 세계적인 작가가 되었다. '우물쭈물하다 내 이럴 줄 알았다'라는 묘비명으로 유명하다. 1925년 노벨문학상을 수상하였다. 주요작품으로 소설 《카셀 바이런의 직업》, 희곡 《운명의 사람》, 평론《예술의 정기》외 다수가 있다.

지금 우리 사회는 거짓말하는 사람들로 연일 시끄럽습니다. 자신이 한 일을 안 했다고 우기다 들통 나 패가망신하는 사람들이 한둘이 아닙니다. 심지어는 대통령까지 한 사람은 불법으로 은닉한 비자금에 대해 묻는 기자들에게 자신은 한 푼도 가진 게 없다고 발뺌하다, 형사처벌을 단행한다는 말에 기겁하고는 숨긴 돈을 내놓겠다고 하여 국민들로부터 비난을 받았습니다.

자신에게 불리하면 그 상황을 일단 모면하고자 하는 거짓말이 얼마나 자신을 못난 사람으로 만드는지를 잘 모르는 것 같습니다. 한번 거짓말을 하면 그 거짓말을 정당화하려고 계속 거짓말을 하게 됩니다. 그러다 보면 습관이 되고 나중에는 어느 누구도 그 사람 말을 믿지 않게 됩니다. 거짓말은 자신을 신용할 수 없는 사람으로 만듭니다. 거짓말을 하고 싶을 만큼 떳떳하지 못한 일도 솔직하게 말하고 용서를 구해보세요. 솔직한 사람에겐 관대한 것이 인간의 보편적인 심성입니다. 미국의 초대대통령인 조지 워싱턴George Washington은 아버지가 애지중지하는 벚나무를 베고 말았습니다. 이를 알게 된 아버지가 노발대발했지만 그 상황에서도 워싱턴은 자신이 그랬다고 말했습니다. 아버지는 아들의 정직함을 보고 화난 마음을 풀었습니다. 정직은 화가 난 사람의 마음도 움직입니다. 자신에게 당당하고 싶다면 정직한 사람이 되도록 하십시오.

* 거짓말은 스스로를 비인격적인 사람으로 전락시키는 추악한 짓이다.

|죄|

죄는 처음에는 나그네다.
그러나 그대로 두면
나그네가 집주인이 되고 만다.

- 탈무드

·····································

· **탈무드**Talmud 교훈, 교의라는 뜻의 유대인의 민족서인 지혜서로 5천 년의 역사와 전통을 자랑하는 총 20권에 1만 2천 페이지, 2백50만 단어로 이루어진 유대민족의 살아있는 지혜가 체계적으로 정리된 방대한 분량의 책이다. 《탈무드》에는 정치, 경제, 예술, 법, 예의, 도덕, 결혼과 연애, 돈, 바람직한 삶의 자세에 대한 주옥같은 글들이 전편을 채우고 있다. 유대인들이 세계 최고의 민족이 되는 데 《탈무드》의 영향은 절대적이다. 유대인들은 누구나 《탈무드》를 공부하며 그 가르침에 따라 실천하는 것을 덕목으로 여기기 때문이다. 《탈무드》는 전 세계적으로 번역 되어 널리 읽히는 최고의 가치를 지닌 대표적인 책 중의 하나이다.

옳지 않은 일을 하면 그것은 무엇이든 '죄'가 됩니다. 남을 헤하려고 거짓말을 하거나, 남의 것을 빼앗거나, 남을 곤경에 빠트리게 하거나, 도적질하거나, 남을 음해하는 것 등 이 모두는 정도에 어긋나는 일로 죄가 됩니다.

죄는 사람을 부끄럽게 만들고, 추악하게 만들며, 비난을 받게 하는 악행입니다. 죄의 사슬에 걸리지 않도록 노력해야 합니다.

유대인의 지혜서인 《탈무드》는 죄의 본질에 대해 '죄는 처음에는 나그네다. 그러나 그대로 두면 나그네가 집주인이 되고 만다.' 고 말합니다. 이는 죄를 짓고 뉘우치지 않으면 나중엔 죄의 노예가 되어 씻지 못할 죄를 짓게 된다는 의미입니다.

죄를 짓지 않기 위해서는 늘 정직하게 말하고 행동해야 하며, 죄의 유혹에 빠지지 않도록 심지를 굳건히 해야 합니다. 또한 나쁜 친구와 어울리지 않도록 해야 하며, 나쁜 생각이 들 땐 단호하게 마음에서 뽑아버려야 합니다. 그리고 자신이 한 일에 대해 늘 돌아보는 성찰의 시간을 갖고 잘한 일은 더 잘하도록 하고, 잘 못한 일을 반성함으로써 씻도록 해야 합니다.

죄는 삶을 망치게 하는 무서운 악이 됩니다. 죄를 짓지 않도록 늘 경계하고 몸과 마음을 잘 살펴야 할 것입니다.

* 죄는 사람을 참혹한 길로 끌고 가는 악의 본질이다. 죄를 이기는 가장 좋은 방법은 선을 실천하는 것이다.

정의란 집의 기둥과 같다.
기둥을 빼 버리면
그 집은 곧 무너져 버린다.
그러므로
정의란 사람의 경우도 이와 같다.

▪ 애덤 스미스

• **애덤 스미스** Adam Smith (1723~1790) 스코틀랜드 윤리철학자. 정치경제학자. 애덤 스미스는 14살에 글래스고 대학교에 입학하여 프란시스 허치슨으로부터 윤리철학을 배웠다. 1740년에 옥스퍼드 대학에 장학생으로 들어갔으나 자퇴하였다. 1748년 케임즈 경의 후원으로 에딘버그에서 공개강의를 했으며, 1951년 글래스고 대학 논리학 교수가 되었다. 그는 1759년 《도덕감정론》을 발표하여 명성을 떨쳤다. 1776년에는 그의 유명한 명저 《국부론》을 발표하여 국가가 경제활동에 간섭하지 않는 자유경쟁상태에서도 보이지 않는 손에 의해 사회의 질서가 유지된다고 주장하였다. 이 책은 경제학 사상 최초의 체계적인 저서로 고전 중의 고전이다. 그는 1778년 에든버러 관세위원이 되었으며, 1787년 글래스고 대학 학장이 되었다. 그는 경제학의 아버지로 불린다. 주요저서로 《국부론》 외 다수가 있다.

　　　　　　　　　　　　　　　　나는 오늘부터 달라질 거야

'정의'란 바르고 옳은 것을 말하는데, 정의로운 사람이 많을수록 밝고 명랑한 사회, 살기 좋은 나라가 됩니다. 그래서 정의로운 사람은 꼭 필요한 존재로 누구에게나 환영받습니다.

정의로운 사람들에 대한 이야기입니다.

언젠가 선량한 시민이 강도로부터 위협을 받고 있었을 때 지나가던 군인이 강도의 위협으로부터 시민을 구해준 적이 있었습니다. 또 남의 가방을 날치기하여 달아나던 소매치기를 잡아 가방을 찾아준 세 명의 대학생들이 있는가 하면, 대낮에 지나가던 사람들에게 흉기를 휘두른 남자를 제압하여 경찰에 넘긴 중년 남자, 교통사고를 내고 뺑소니치는 차를 끝까지 따라가 운전자를 붙잡은 회사원 같은 사람들을 우리는 정의로운 사람이라 부릅니다.

애덤 스미스는 정의를 집의 기둥과 같다고 했는데 매우 적절한 비유라고 할 수 있습니다. 왜냐하면 기둥이 튼튼해야 집이 무너지지 않기 때문입니다. 정의로운 사람들은 우리 사회를 떠받치는 기둥과 같습니다. 그들이 있어 건강한 사회를 지탱할 수 있었기 때문입니다.

어려움에 처한 사람을 보면 그냥 지나치지 마세요. 손을 내밀어 그를 잡아주어야 합니다. 그러면 그는 감사한 마음을 갖고 다른 사람의 어려움에 기꺼이 도움을 줄 것이고 언젠가 당신이 어려울 때 누군가 구원의 손길을 내밀지도 모릅니다. 그런 선행이 사회 전체에 확장되면 서로 감사하는 일을 하며 살아가는 건강한 나라가 될 것입니다. 나부터 정의로운 10대가 되길 바랍니다.

* 정의로운 사회, 정의로운 국가는 정의로운 사람들이 만든다.

*
현명한 사람은 멀리 내다보며
꾸준한 자기 성찰을 하지만
아둔한 사람은 눈에 보이는 것만 좇다
한 세월을 보낸다.

*
자신을 믿는 사람이 되라.
스스로 자신을 믿지 못하면
그 어떤 것도
성공적으로 이끌어 낼 수 없다.
자신을 믿고 개성적이고 창의적으로 실행
하라.
사람이 할 수 없는 일은 이 세상에 없다.

*
품격이 있는 사람은
마음 씀씀이와 행동거지가 다르다.
타인에게 배려하고, 양보 잘하고,
예의가 바르고, 사람의 향기가 난다.
품격 있는 사람이 되라.
품격 있는 사람이 인생의 VIP이다.

*
'나와 너의 인간관계의 법칙'이란
삶에 있어 서로가 서로에게
의미 있는 역할관계를 말한다.
이때 중요한 것은 상대방에게 나와 너의 인간관계
법칙을 활용하라.
좋은 인상을 심어 주어야 한다.

*
그 사람하고 함께 있으면 늘 즐겁고,
이 시간이 영원했으면 하는 그런 사람,
꽃이 향기를 주듯
누군가에게 꿈의 향기를 주는 사람,
당신은 그런 사람이고 싶지 않은가?
그런 사람이 진정 향기로운 사람이다.

*
세상에서
가장 필요로 하는 것도 사람이며
가장 경계해야 할 대상도 사람이다.
나와 인생의 코드가 맞는 사람은
내 인생에 빛과 소금 같은 존재다.

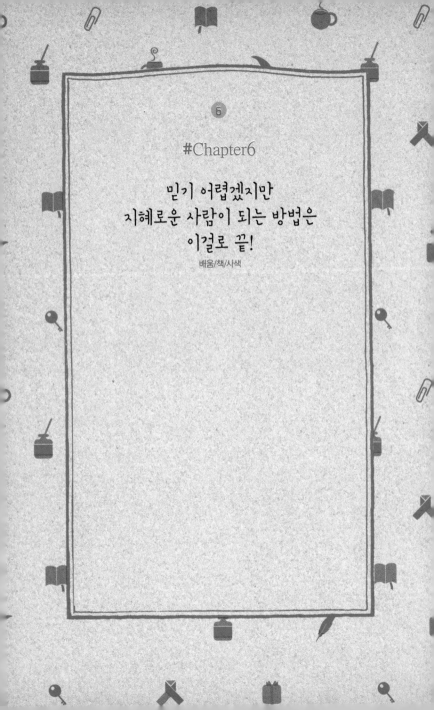

⑥

#Chapter6

믿기 어렵겠지만
지혜로운 사람이 되는 방법은
이걸로 끝!

배움/책/사색

기적을 믿기보다는 자신의 노력을 믿어라.
기적이나 요행을 바라게 되면 자신에게 있는 능력까지 소멸 시킬 수 있다.
자신이 성공을 꿈꾼다면 자신의 능력을 최대한 계발시켜라.

평생 배움에 헌신하라.
당신의 정신과 당신이 거기에 집어넣는 것,
그것이 당신이
가질 수 있는 최상의 자산이다.

• 브라이언 트레이시

• 브라이언 트레이시Brian Tracy (1944년~) 캐나다 출생 컨설턴트. 자기계발동기부여가. 강연가이자 저술가이다. 브라이언 트레이시는 집이 가난하여 고등학교도 마치지 못했다. 그는 먹고살기 위해 어린 나이에 조그만 호텔에서 접시 닦는 일을 했다. 그 후 몇 년 동안 여기저기를 떠돌며 온갖 막노동을 하며 겨우 생계를 유지하였다. 그러다 그는 배워야 한다는 일념으로 심리학, 철학, 경제학, 경영학 등 자신의 꿈을 이루는 데 도움이 되는 책들을 읽으며 공부하였다. 그리고 그는·대학에서 하는 프로그램에 참여하여 열심히 강의를 들었다. 배움만이 자신의 꿈을 더욱 구체화 시킬 수 있고, 힘이 되어준다는 사실을 깨달았기 때문이다. 그는 자신만이 터득하고 확립한 지식을 바탕으로 하여 성공할 수 있었다. 주요저서로 《전략적 세일즈》, 《판매의 심리학》, 《잠들어 있는 성공시스템을 깨워라》, 《위대한 기업의 7가지 경영습관》 외 다수가 있다.

믿기 어렵겠지만 지혜로운 사람이 되는 방법은 이걸로 끝!

배움이란 인생에 있어 참 중요한 자산입니다. 배움은 인간의 생각을 키워주고, 바른 마음을 갖게 해주며, 새로운 것을 알게 해줍니다. 공자는 일찍이 배우기를 즐기고 배움에 힘쓰라고 말했습니다. 배움은 가치를 따질 수 없는 보석과 같습니다.

어떤 여성이 가난을 극복하고 자신이 원하는 삶을 찾아 미국으로 갔습니다. 그녀는 힘들고 고단했지만 공부를 포기할 순 없었습니다. 그녀는 군인이 되고 싶어 미 육군에 입대하여 여자의 몸으로 힘든 훈련을 견뎌내며 여군이 되었습니다. 그리고 대한민국 여성으로는 최초로 미국 육군 장교가 되었으며 소령으로 예편하였습니다. 그녀는 마흔세 살에 하버드대학교 석사과정을 시작하였고, 쉰아홉 살에 하버드대학교 박사가 되었습니다. 그녀의 이름은 서진규입니다. 그녀가 늦은 나이에 공부를 시작하고 박사가 된 이유는 무엇일까요? 그것은 성공을 위해서도 아니고 자신이 배우고 싶은 열망을 이루기 위해서였습니다.

그녀는 작가로서, 꿈을 전하는 강사로서 예순일곱의 나이에도 열심히 자신이 원하는 삶을 살고 있습니다.

배움은 끝이 없습니다. 그래서 나이도 문제 되지 않습니다. 배우겠다는 의지와 열정만 있다면 얼마든지 배울 수 있습니다. 입시공부로 힘들어하는 10대들은 배움에 대해 진저리를 낼지도 모릅니다. 그러나 분명한 것은 배움은 참으로 소중한 인생의 가치라는 사실입니다.

* 배움은 인간에게 소중한 삶의 가치이다. 배움은 살아있음에 대한 확신이며 자신의 인생에 대한 예의이다.

|배움에서 필히 마음에 새길 것 두 가지

과거의 실수에서 배우고
과거의 성공에 기대지 마라.

• 데니스 웨이틀리

• **데니스 웨이틀리**Denis Waitley 미국의 경제 경영 작가. 경영컨설턴트. 성공학 강연자이다. 데니스 웨이틀리는 미 해군 수송기 조종사이며 인간행동학박사라는 이력을 갖고 있다. 그는 정부와 민간 단체를 대상으로 동기부여, 목표설정, 사기진작 등에 관한 프로그램을 30년 넘게 진행한 행동학 분야의 전문가이다. 그는 아폴로 우주비행사를 위한 프로그램, 슈퍼볼 챔피언 팀의 경기력 향상 프로그램 등 매우 독특한 프로그램을 운영했다. 또한 그는 대중보다는 CEO를 대상으로 많은 강연을 했다. 주요저서로 《성공의 10대 원리》, 《사람을 움직이는 심리학》, 《위대함의 씨앗》 외 다수가 있다.

미국의 저술가인 데니스 웨이틀리는 배움에 있어 꼭 두 가지를 마음에 새기라고 말합니다. 첫째는 과거의 실수에서 배우라는 것입니다. 실수라고 하면 가치가 없는 것이라고 생각하기 쉽지만 '타산지석'이라는 말이 있듯 실수의 원인을 잘 알아두면 두 번 다시 똑같은 실수를 하지 않게 됩니다.

어떤 사람이 있었습니다. 그는 사람들과의 관계에서 언제나 문제를 일으켰습니다. 너무 자기 입장에서만 생각하는 버릇 때문이었습니다. 그러다 친구로부터 '너는 네 자신만 알아. 그러니까 사람들과 사이가 안 좋은 거야.'라는 말을 듣고는 깊이 반성하게 되었습니다. 이후 그는 상대방의 입장에서 먼저 생각하기 시작했고 그러자 만나는 사람들마다 그를 좋아하였습니다.

둘째는 과거의 성공에 기대지 말라는 것입니다. 과거의 성공에 기대면 과거에 연연하게 되어 새로운 것을 추구하는 데 등한시 할 수 있습니다. 그러면 지금보다 나은 내가 될 수 없습니다.

또 다른 사람이 있었습니다. 그는 사업을 해서 많은 돈을 벌어서 더 이상 일할 생각을 하지 않았습니다. 언제나 자신의 성공을 이야기하며 지냈더니 새로운 것을 보는 눈이 둔해졌습니다. 과거에 매여 더 나은 자신이 될 수 있는 길을 잃은 것입니다.

지금보다 나은 내가 되고 싶다면 실수는 고치고, 과거에 기대지 말고 새로운 것을 찾아보세요. 미래는 언제나 새로운 것을 추구하는 자들에게 기회를 선물하기 때문입니다.

* 실수는 누구나 한다. 창피해하지 말고 과거의 실수에서 배워라. 과거의 성공에 집착하지 말고, 새로운 일에 전력하라.

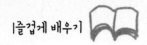

|즐겁게 배우기

배우기를 즐기면
그 무언가의 달인이 될 수 있다.

• 프리드리히 니체

• 프리드리히 니체Friedrich Wilhelm Nietzsche (1844~1900) 19세기 독일의 철학자, 시인. 니체는 개신교 목사의 아들로 태어났다. 종교와 도덕, 문화, 철학, 과학에 대한 비평을 썼으며, 경구(aphorism)에 대한 자신만의 생각을 잘 표현했다. 약관의 24세에 스위스 바젤 대학에서 교수로 고전철학을 가르치며 꾸준히 강연활동을 벌였다. 1872년 첫 작품 《비극의 탄생》을 발표하였다. 그 후 대학을 그만두고 십여 년 동안 긴 방랑생활을 하면서도 꾸준히 집필활동을 하였다. 키르케고르와 더불어 실존주의의 선구자적인 역할을 했으며, 자유주의, 힘의 논리 등의 마키아벨리즘, 권위주의, 반대주의 등에 대해 강력히 비판한 것으로 유명하다. 대표적인 작품으로 《차라투스트라는 이렇게 말했다》, 《인간적인 너무나 인간적인》 외 다수가 있다.

믿기 어렵겠지만 지혜로운 사람이 되는 방법은 이걸로 끝!

현대사회는 다양성이 요구되는 사회입니다. 아는 것이 많으면 자신이 하고 싶은 일을 다양한 관점에서 할 수 있습니다. 그런데 아는 것이 별로 없다면 남에게 뒤처지는 것은 물론 자신이 하고 싶은 것도 제대로 해낼 수 없습니다. 자신이 지금보다 좋은 내일을 살려 한다면 배움을 즐기세요. 즐겁게 배우기 위해서는 어떻게 해야 할까요.

처음으로 지금과 다른 내일을 생각해보세요. 지금보다 나은 자신의 모습을 상상하면 그것만으로도 기분이 좋아집니다. 달라진 자신을 상상하며 배우십시오.

다음으로 혼자 배우기 힘들면 배움의 친구와 함께 해보세요. 혼자 배우기는 망설여져도 친구와 함께하면 얼마든지 할 수 있습니다. 배움을 공유하면 서로 의지가 되기 때문입니다.

마지막으로 배움의 소중한 가치를 마음에 새겨보세요. 배움의 소중함을 알게 되면 기쁘고 즐거운 마음으로 하게 됩니다. 뿐만 아니라 즐거움으로 인해 실력이 쑥쑥 자라나게 됩니다.

인생이란 바다를 가다 보면 어려움을 만나게 되고, 생각지도 못한 일로 당황할 때도 있습니다. 이럴 때 배움은 어려움을 극복하는데 큰 힘이 되어줍니다. 즐겁게 배우는 10대, 배움의 가치를 알고 배우는 10대가 된다면 자신이 바라는 대로 살아가는데 큰 힘이 될 것입니다.

* 배움이란 삶의 존재의 이유이다. 가치 있는 인생이 되고 싶다면 배움을 즐겨라.

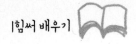

좋은 시절에
힘써
부지런히 배우라.

▪ 도연명

▪ **도연명**陶淵明(365~427) 중국 동진 말기에 태어나 남조의 송나라 초기에 살았던 대표적인 시인이다. 그의 대표작인 〈귀거래사〉는 널리 알려진 시이다. 고향을 떠나 살다 다시 고향으로 돌아가는 시적 화자의 마음이 절절하게 배어 있어 읽는 이들의 마음을 잔잔하게 울려준다. 그는 29세에 벼슬길에 올랐지만 늘 전원생활을 동경하였다. 그러는 가운데 10년이란 세월이 흘렀다. 그러던 중 그의 나이 41세에 누이의 죽음을 구실로 관직을 사임하고 낙향하였다. 그의 삶은 학처럼 고고하고 유유자적했지만 그렇다고 해서 그가 당시 현실로부터 도피한 것은 아니다. 그는 자신의 가슴이 시키는 대로 따랐고, 진리를 추구하며 그것으로부터 삶의 진정성을 획득하였다.

믿기 어렵겠지만 지혜로운 사람이 되는 방법은 이걸로 끝!

성년부중래成年不重來 일일난재신一日難再晨
급시당면려及時當勉勵 세월부대인歲月不待人

이는 도연명의 시입니다. 이를 풀이하면 '청춘은 다시 돌아오지 않고, 새벽은 하루에 한 번뿐이니, 좋은 시절 부지런히 힘쓸지니, 세월은 사람을 기다려주지 않는다'입니다. 젊은 시절에 배우기에 힘쓰라는 말입니다.

한 여자가 있었습니다. 집은 가난했지만 언제나 배움을 갈망하였습니다. 믿을 수 있는 건 자신밖에 없었지요. 그래서 고향을 떠나 서울로 왔습니다. 낮에는 공장에서 일하고 밤에는 산업체고등학교에서 공부했습니다. 피곤이 몰려왔지만 배운다는 기쁨에 피로를 이겨내고 배우기에 힘썼습니다. 어느 날 '너는 소설가가 되면 좋겠구나'라는 선생님의 말에 소설가가 되기로 결심하고 서울예술대학에 진학합니다. 하루하루 글쓰기의 재미에 푹 빠졌습니다.

그 후 문예지에 작품이 당선되어 소설가가 되었습니다. 주요 작품으로는 《풍금이 있던 자리》, 《엄마를 부탁해》 등이 있습니다. 그녀는 소설가 신경숙입니다.

배움이란 나이를 따지지 않지만, 한창 배우는 시기에 열심히 배우면 자신의 꿈을 이루는데 큰 보탬이 되어줍니다. 배움을 게을리 하지 마세요.

* 시간은 사람을 기다려주지 않는다. 후회를 남기지 않으려면 배우는 일에 열심을 다하라.

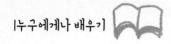

만나는 사람 누구에게나
무엇인가를 배울 수 있는 사람이
세상에서 가장 현명한 사람이다.

• 탈무드

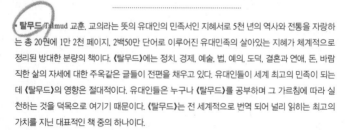

• **탈무드** Talmud 교훈, 교의라는 뜻의 유대인의 민족서인 지혜서로 5천 년의 역사와 전통을 자랑하는 총 20권에 1만 2천 페이지, 2백50만 단어로 이루어진 유대민족의 살아있는 지혜가 체계적으로 정리된 방대한 분량의 책이다. 《탈무드》에는 정치, 경제, 예술, 법, 예의, 도덕, 결혼과 연애, 돈, 바람직한 삶의 자세에 대한 주옥같은 글들이 전편을 채우고 있다. 유대인들이 세계 최고의 민족이 되는 데 《탈무드》의 영향은 절대적이다. 유대인들은 누구나 《탈무드》를 공부하며 그 가르침에 따라 실천하는 것을 덕목으로 여기기 때문이다. 《탈무드》는 전 세계적으로 번역 되어 널리 읽히는 최고의 가치를 지닌 대표적인 책 중의 하나이다.

믿기 어렵겠지만 지혜로운 사람이 되는 방법은 이걸로 끝!

배움은 인간에게 있어 밥을 먹고 물 마시는 것처럼 중요합니다. 사람이 밥만 먹고는 살 수 없듯이 마음의 밥도 먹어야 합니다. 매일 먹는 밥이 육신을 위한 것이라면, 배움은 정신을 위한 밥이라 할 수 있을 것입니다.

그런데 사람 중엔 육신의 밥은 중요하게 여기면서 마음의 밥인 배움은 소홀히 합니다. 대학만 나오면 배움은 다 끝난 줄 압니다. 배움은 정년이 없고, 한계가 없습니다. 죽을 때까지 배워도 모자라는 게 배움입니다.

유대인은 배움을 매우 중요시합니다. 그들은 민족의 지혜서인 《탈무드》를 손에서 놓는 법이 없습니다. 평생을 배워도 늘 새로운 깨우침을 주는 《탈무드》는 유대인들에겐 영혼의 양식입니다. 그들이 세계에서 제일 우수한 민족으로 인정받는 것은 배움을 소중히 여기기 때문입니다.

세계 최고의 동화작가인 안데르센Hans Andersen은 늦은 나이에 공부를 시작했습니다. 그가 공부를 시작하게 된 것은 자신의 부족함을 채우기 위해서였습니다. 배움을 통해 더욱 효과적으로 작품을 쓸 수 있었습니다.

'아는 것은 힘이다'라는 프랜시스 베이컨의 말이 있습니다. 알기 위해서는 무엇이든 배워야 합니다. 배우지 않고서는 절대 알 수 없습니다.

자신의 미래를 위해서 배움을 즐기는 10대가 되십시오.

---

* 배움은 인간에게 있어 대지를 환히 비추는 햇살과 같다.

좋은 책을 읽는 것은
과거의 가장 뛰어난 사람들과
대화를 나누는 것과 같다.

▪ 데카르트

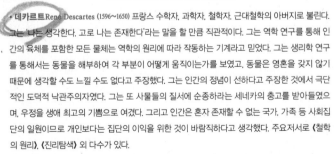

▪ 데카르트René Descartes (1596~1650) 프랑스 수학자, 과학자, 철학자. 근대철학의 아버지로 불린다.
그는 '나는 생각한다. 고로 나는 존재한다'라는 말을 할 만큼 직관적이다. 그는 역학 연구를 통해 인
간의 육체를 포함한 모든 물체는 역학의 원리에 따라 작동하는 기계라고 믿었다. 그는 생리학 연구
를 통해서는 동물을 해부하여 각 부분이 어떻게 움직이는가를 보였고, 동물은 영혼을 갖지 않기
때문에 생각할 수도 느낄 수도 없다고 주장했다. 그는 인간의 정념이 선하다고 주장한 것에서 극단
적인 도덕적 낙관주의자였다. 그는 또 사물들의 질서에 순종하라는 세네카의 충고를 받아들였으
며, 우정을 생애 최고의 기쁨으로 여겼다. 그리고 인간은 혼자 존재할 수 없는 국가, 가족 등 사회집
단의 일원이므로 개인보다는 집단의 이익을 위한 것이 바람직하다고 생각했다. 주요저서로 《철학
의 원리》, 《진리탐색》 외 다수가 있다.

믿기 어렵겠지만 지혜로운 사람이 되는 방법은 이걸로 끝!

'책 속에 길이 있다'는 말이 있습니다. 책을 읽으면 책 속에 삶의 답이 있다는 의미입니다. 책은 인류가 이 땅에 존재한 이후 인간이 만든 것 중 가장 위대한 산물입니다. 그만큼 인간에게 미치는 영향이 크다는 것입니다.

'나는 생각한다. 고로 존재한다.'는 말로 유명한 철학자 데카르트는 좋은 책을 읽는 것은 과거의 가장 뛰어난 사람들과 대화를 나누는 것과 같다고 했는데 책 속에 현인들의 삶이 그대로 묻어났기 때문일 것입니다.

가령, 성경책을 읽으면 예수그리스도의 행적을 알 수 있고 《톨스토이의 인생론》을 읽으면 톨스토이의 삶의 흔적을 느낄 수 있습니다. 마치 실제 옆에서 보는 것처럼 생생합니다. 그래서 그분들의 가르침을 따르게 되고 행하다 보면 자신 또한 그분들이 했던 것처럼 하게 됩니다.

책을 많이 읽는 사람은 그렇지 않은 사람보다 지혜롭고, 지식이 풍부하며 인생의 고난 길을 만나도 능히 헤쳐 나갑니다. 책은 어떻게 사는 것이 참 길인지 알려주는 스승인 것입니다.

조선 말기 책만 보는 바보로 유명했던 이덕무李德懋는 2만 권이 넘는 책을 읽고, 벼슬길에 올라 자신의 품은 뜻을 펼친 것으로 유명합니다. 그가 책을 읽지 않았다면 한낱 서글픈 서자의 삶을 살았을 것입니다. 책은 그의 삶을 바꾸게 한 인생의 소중한 선물입니다. 자신이 만족한 인생이 되고 싶다면 책을 소중한 벗으로 만드십시오.

* 좋은 책을 많이 읽는다는 것은 훌륭한 스승과 참 벗을 곁에 두는 것과 같다.

책읽기의 세 가지 가르침

책을 읽는 사람은
세 가지 가르침을 지켜야 한다.
책을 가지고 있으면서 읽지 않는 사람,
책에서 사회에 유익한 교훈을
끌어내지 못하는 사람,
책을 읽고
자신의 생각을 끌어내지 못하는 사람은
소중한 세 아이를 잃는 것과 같다.

• 탈무드

....

• **탈무드** Talmud 교훈, 교의라는 뜻의 유대인의 민족서인 지혜서로 5천 년의 역사와 전통을 자랑하는 총 20권에 1만 2천 페이지, 2백50만 단어로 이루어진 유대민족의 살아있는 지혜가 체계적으로 정리된 방대한 분량의 책이다. 《탈무드》에는 정치, 경제, 예술, 법, 예의, 도덕, 결혼과 연애, 돈, 바람직한 삶의 자세에 대한 주옥같은 글들이 전편을 채우고 있다. 유대인들이 세계 최고의 민족이 되는 데 《탈무드》의 영향은 절대적이다. 유대인들은 누구나 《탈무드》를 공부하며 그 가르침에 따라 실천하는 것을 덕목으로 여기기 때문이다. 《탈무드》는 전 세계적으로 번역 되어 널리 읽히는 최고의 가치를 지닌 대표적인 책 중의 하나이다.

유대인은 민족의 지혜서인《탈무드》를 어린 시절부터 탐독하며 인생을 배웁니다. 《탈무드》엔 역사, 철학, 사랑, 우정, 행복, 처세, 법, 배움, 책에 관한 이야기 등 인간이 살아가는 데 필요한 전반적 이야기들로 가득합니다.

《탈무드》는 배움과 책 읽기를 즐기라고 가르칩니다. 유대인에게 있어 배움은 곧 삶이며, 책은 배움의 주체이자 삶의 빛입니다. 유대인은 이를 철저하게 실행합니다.

"책을 읽는 사람은 세 가지 가르침을 지켜야 한다. 책을 가지고 있으면서 읽지 않는 사람, 책에서 사회에 유익한 교훈을 끌어내지 못하는 사람, 책을 읽고 자신의 생각을 끌어내지 못하는 사람은 소중한 세 아이를 잃는 거와 같다."

이 말은 책을 대하는 자세에 대해 말하고 있습니다. 즉 책을 통해 효율성을 이끌어내야 한다는 것인데 책에 대한 유대인의 진정성을 잘 알게 합니다. 유대인이 세계 최고의 민족이 될 수 있었던 것은 배움과 책을 소중히 하기 때문입니다.

자신을 진정 위한다면 책을 잡으십시오. 책을 읽는 만큼 자신의 삶도 발전합니다.

* 책은 미래를 환히 밝히는 인생의 등불이다.

|단 한권의 책

단 한 권의 책밖에
읽지 않는 사람을 경계하라.

• 벤저민 디즈레일리

• 벤저민 디즈레일리Benjamin Disraeli (1804~1881) 정치가. 소설가. 유대인으로 어렸을 때부터 좌절을 모르는 기질을 자신의 정치적 역량을 드높이는 데 있어 지혜롭게 적용함으로써 자신을 반대하는 정치세력을 굴복시키고 영국 수상을 두 번 (40대, 42대)이나 역임하였다. 그가 영국의 수상으로 있는 동안 '대영제국은 해가 지지 않는다'는 말이 떠돌 만큼 영국은 유럽은 물론 전 세계적으로 강력한 국가의 위상을 떨쳤다. 또한 그는 소설가로서 《비비안 그레이》, 《헨리에타 사원》 외 다수의 작품을 남겼으며, 한 달에 4권의 책을 읽을 것을 권고한 것으로 유명하다. 그는 영국정치계에서 가장 성공한 정치인으로 평가받고 있다.

믿기 어렵겠지만 지혜로운 사람이 되는 방법은 이걸로 끝!

책은 인간이 발명한 것 중 가장 창조적인 발명품이다. 책은 인간에게 삶의 방향을 제시해주고 모르는 것을 알게 함으로써 지식과 지혜의 가치를 일깨우고 풍부한 정서와 이성을 기르는 스승과 같습니다. 삶의 빛과 소금이 되어주는 책을 많이 읽는 사람일수록 자신의 인생을 가치 있게 살아갑니다.

유대인으로 영국의 수상을 두 번이나 지낸 명 정치가인 벤저민 디즈레일리는 '단 한 권의 책밖에 읽지 않는 사람을 경계하라'고 말했습니다. 그가 이렇게 말한 이유는 책을 읽지 않는 사람과 교류는 자신에게 무익하기 때문입니다. 즉 그 사람으로부터 배울 게 없다는 말입니다. 그래서 그런 사람과의 교류 대신 책을 많이 읽는 사람과 교류하라는 것입니다. 그런 사람에게는 배울 것이 많다는 생각에서였습니다.

앞에도 언급된 책을 많이 읽은 것으로 유명한 이덕무는 서자라서 조정에 출사할 수 없었지만 재주를 아까워한 정조임금의 부름을 받고 나랏일에 충심을 다할 수 있었습니다. 주변에는 박제가朴齊家, 정약용丁若鏞, 박지원朴趾源같은 쟁쟁한 실학자들이 많았습니다. 그들 모두 책을 즐겨 읽는 사람들이었습니다.

책은 삶을 변화시키고, 새로운 미래로 나아가게 하는 벗이자 스승입니다.

* 책은 인간의 삶을 바꾸고, 사회를 혁신시키는 창조적 에너지의 근본이다.

독서하기 좋은 시간은
겨울철 농한기와 밤
그리고 비오는 날이다.

▪ 동우

··

▪ **동우**董遇 후한말의 학자. 헌제 때 황문시랑 벼슬을 지냈다. 동우는 가난한 집안에서 태어났지만
책 읽기를 좋아해 언제 어디서나 항상 책 읽는 것을 게을리하지 않았다고 한다. 책은 그의 즐거움
이며, 희망이며, 친구였으며, 스승이었다. 그의 지식은 깊고 높아 그의 명성은 나라 안에 자자했다.
그러나 그는 자신의 학문을 자랑하지 않았다. 언제나 군자의 자세를 잃지 않았다. 이 소문을 들은
헌제는 동우를 궁으로 불러들여 자신의 글 스승으로 삼았다. 지은 책으로 《노자와 춘추좌씨전春秋
左氏傳》의 주석서가 있다.

독서삼여讀書三餘라는 말이 있습니다. 이는 독서하기 좋은 세 가지 때를 이르는 말입니다. 이 말을 한 이는 후한 말기 헌제 때 동우董遇라는 학자입니다.

그가 말하는 독서하기 좋은 때로 가장 좋은 것이 비오는 날이라고 합니다. 비오는 날은 농사를 지을 수 없으니 책 읽기에 제격이라는 것이지요. 두 번째는 밤이라고 합니다. 밤은 낮보다 조용해 책 읽기에는 아주 좋다는 것입니다. 세 번째는 농한기입니다. 농사를 쉬는 겨울이 책 읽기에 좋은 계절이라고 했습니다. 동우는 가난한 집에서 태어났지만 책 읽는 것을 무척이나 좋아하여 그의 손에는 언제나 책이 들려져 있어 언제 어디서나 책을 즐겨 읽었다고 합니다. 책을 읽은 만큼 학문은 일취월장하여 그의 지식은 하늘처럼 높고 바다보다 깊다는 소문이 자자해서 황제가 사는 궁까지 날아갔다고 합니다.

문을 들은 헌제獻帝는 동우를 궁으로 불러들여 자신의 글 선생으로 삼고 황문시랑이라는 벼슬을 내렸습니다.

동우는 과거를 보지 않고도 벼슬길에 올랐던 것입니다. 이 모두는 책을 많이 읽은 덕분이었습니다.

'책은 인간을 만들고, 인간은 책을 만든다.'라는 말이 있습니다. 책은 인간을 인간답게 만들고, 인간은 인간을 이롭게 하는 책을 만듭니다. 이렇듯 인간과 책은 공존함으로써 삶을 풍요롭게 하고 가치 있는 인생이 되게 합니다.

---

* 시간이 없어서 책을 못 읽는다는 말은 핑계에 불과하다. 독서삼여는 이를 잘 말해준다. 책을 읽음으로써 삶의 명작을 써라.

바람직한 독서의 자세

독서를 하는 데 있어
입으로만 읽고
마음으로 느끼지 아니하며,
몸으로 행하지 않으면
그 글은
다만 글자에 지나지 않는다.

- 율곡 이이

....

- **율곡 이이**(李珥(1537~1584) 조선 시대 문인. 성리학자, 교육자. 병조판서. 이이는 어린 시절부터 어머니 신사임당의 가르침으로 학문 수행에 힘썼으며 올곧은 마음으로 사물의 이치와 일의 옳고 그름을 분별하는 능력이 뛰어났다. 그는 어머니가 죽자 3년 동안 시묘살이를 하고 중이 되었다가 환속하여 학문증진에 힘썼다. 그는 학문이 출중하여 아홉 차례나 과거에 장원급제하였다. 그는 자신이 옳다고 생각하는 일엔 자신의 생각을 기탄없이 말해 선조는 그를 신임하고 아꼈다. 이처럼 그는 자신이 옳다고 생각하는 일엔 자신의 생각을 기탄없이 말했다. 그는 평생을 정직과 신의로써 일관한 문인이며, 학자였다. 주요저서로 《격몽요결》, 《성학집요》, 《경연일기》 외 다수가 있다.

조선 중기 때 학자인 율곡 이이는 독서의 바람직한 자세에 대해 마음으로 느끼고, 읽은 것을 실천해야 한다고 말했습니다. 아주 적절한 지적이라고 할 수 있습니다. 책을 읽고 느끼고 그것을 실천하지 않는다면 그것은 죽은 독서입니다.

　조선 시대의 참된 선비들은 책에서 배운 것을 실천하지 않으면 안 되는 것으로 알았습니다. 옳지 않은 일엔 목에 칼이 들어와도 따르지 않았으며, 나라에 충성하고 부모에게 효를 다했으며, 벗을 의리와 신의로써 대했습니다. 또한 윗사람은 예로써 대하고 아랫사람은 덕으로 대했습니다. 이를 지키지 않는 사람과는 함께 하는 것조차 부끄럽게 생각할 정도로 강직했습니다.

　이를 잘 보여주는 대표적인 사례가 단종을 내쫓고 왕의 자리에 앉은 수양대군의 불의에 대항하여 성삼문成三問, 이개李塏, 박팽년朴彭年, 하위지河緯地, 유성원柳誠源, 유응부兪應孚 등이 결의한 사건이었습니다. 김질金礩의 밀고로 이 계획은 수포로 돌아갔고 수양대군은 이들을 회유하려 했지만 단호히 거부했습니다. 결국 차디찬 형장의 이슬로 사라졌지만 그들은 만고의 충신으로 존경을 받고 있습니다. 이들을 가리켜 사육신이라고 합니다.

　신념을 지키기 위해 하나뿐인 목숨도 아까워하지 않는 이들의 고고한 절개는 참된 선비만이 보일 수 있는 숭고한 정신입니다. 이 모두는 책에서 배운 것을 그대로 따른 것입니다. 실천이 따르는 독서야말로 참된 독서입니다.

＊ 책을 읽은 후 실천이 따르지 않는 것은 바른 독서가 아니다. 깨달은 것을 실천에 옮기는 살아 있는 독서를 하라.

|사색의 힘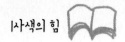

독서는 다만
지식의 재료를 공급할 뿐
그것을 자기 것이
되게 하는 것은 사색의 힘이다.

▪ 존 로크

....

존 로크 Jon Locke (1632~1704) 영국의 철학자. 계몽주의 선구자. 존 로크는 어린 시절 부모로부터 청교도식의 엄한 교육을 받았다. 1647년 웨스트민트 기숙학교에 입학하여 우수한 성적으로 졸업하고, 1652년 옥스퍼드 대학의 크리스트 칼리지에 입학하여 졸업하였다. 그리고 석사과정을 마쳤다. 그는 독일의 브란덴부르크에서 공사 비서로 일했다. 그는 이를 계기로 10년간 정치활동을 하였다. 1689년 명예혁명에 의해 윌리엄 3세의 즉위로 1690년 공소원장이 되었다. 그는 인식론의 창시자이며 계몽철학의 개척자로 그의 정치, 교육, 종교 등의 사상은 영국과 프랑스에 큰 영향을 끼쳤다. 그는 전제주의에 반대하고, 국가는 개인의 생명, 재산, 자유를 보호해야 한다고 주장했다. 그는 민주주의 근본인 입법, 사법, 행정의 삼권분립의 기초를 만든 것으로 유명하다. 주요저서로 《인간 오성론》 외 다수가 있다.

믿기 어렵겠지만 지혜로운 사람이 되는 방법은 이걸로 끝!

독서를 해야 하는 이유는 지식을 기르고, 통찰력과 논리력을 기르기 위해서입니다. 다양한 지식을 기르기 위해서는 다양한 독서가 필요합니다. 하지만 독서만 한다고 해서 다는 아닙니다. 독서한 것을 자신의 것으로 만들기 위한 사색이 필요합니다. 독서한 내용은 사색을 통해 새롭게 태어납니다. 즉 자기만의 지식으로 탈바꿈하는 것입니다.

학문의 발달은 먼저 공부한 이들이 정립해 놓은 학문을 토대로 하여 자신이 연구한 것을 접목시키는 것입니다. 그렇게 하면 새로운 지식이 추가되면서 학문이 발전합니다. 이렇게 세월의 흐름에 따라 이어가는 것이 학문의 발달과정입니다. 이 과정에서 연구자들은 많은 독서를 하게 되고, 그 깨달음을 통해 새로운 학설을 만들어내고 학문의 폭을 넓히게 됩니다.

그 과정에서 중요한 것이 사색입니다. 사색의 프리즘을 통해야만 새로운 것이 나오고, 그 새로운 것이 곧 새로운 학설이 됩니다. 사색은 통찰력을 기르는 데 반드시 필요합니다. 사색의 과정을 거치지 않으면 폭넓은 깨달음을 얻을 수 없습니다.

또한 사색은 인간의 내면을 단단하게 하고 어떤 상황에서도 흔들리지 않게 해주기도 합니다. 그러므로 독서만으로 끝내지 말고 책을 읽고 나면 사색을 통해 새로운 깨달음을 얻어야 하는 것입니다.

* 독서를 통한 사색은 뿌리 깊은 나무와 같다. 독서를 하되 반드시 사색하라.

|물과 같은 사람

물같이 행동하는 것이 필요하다.
방해물이 없으면 물은 흐른다.
둑이 있으면 머무른다.
둑을 치우면 또 흐르기 시작한다.
물은 이 같은 성질이 있기 때문에
가장 필요하며, 가장 힘이 강하다.

▪ 노자

▪ **노자老子 (B.C 6세기경)** 중국 제자백가 가운데 하나인 도가의 창시자이자 학자이다. 노자는 자연의 이치를 따르고 무위無爲하게 사는 도遵를 중요하게 생각했다. 노자가 말하는 무위란 '자연을 그대로 두고 인위를 가하지 않음'을 말한다. 즉 자연의 순리에 따르는 것으로 인간이 인간의 생각에 의해서 판단하거나 그것을 좌지우지해서는 안 된다는 것이다. 그러니까 있는 그대로 따르는 것이 바로 무위라는 것이다. 노자에게 물은 무위의 중심사상이다. 물은 위에서 아래로 흐르고, 높은 곳에서 떨어져도 깨지지 않는 부드럽지만 강한 존재이다. 물과 같이 사는 것 그것이 노자의 사상이다. 저서로 《도덕경》이 있다.

믿기 어렵겠지만 지혜로운 사람이 되는 방법은 이걸로 끝!

물은 사람에게나 동식물에게 없어서는 안 되는 생명수입니다. 뿐만 아니라 공업용수와 농업용수로도 쓰이고, 수력발전소를 세워 전기를 일으키는 등 안 쓰이는 곳이 없지요.

또한 물은 순리를 거스르지 않습니다. 물은 언제나 높은 곳에서 낮은 곳으로 흐릅니다. 흐르다 막히면 빈틈 있는 곳으로 돌아 흐르고, 빈틈이 없으면 멈추었다가 물이 차면 둑을 넘어 다시 흐릅니다. 억지로 흐르는 법이 없습니다.

물은 부드러워 약한 것 같지만 물이 한번 화가 나면 집을 무너뜨리고, 길을 갈라놓으며, 다리를 끊어 놓습니다. 물은 한없이 부드럽지만 가장 무서운 존재이기도 한 것입니다.

물 같은 사람이 되어야 합니다. 누구에게나 꼭 필요한 사람이 되고, 순리를 쫓아 살며, 부드러울 땐 부드럽고, 옳지 않은 일엔 당당하게 떨쳐 일어서야 합니다.

그러나 물과 같은 사람으로 산다는 것은 쉽지 않습니다. 때에 따라서는 하기 싫은 것도 해야 하고, 하고 싶은 것도 참아야 하기 때문입니다. 하지만 그렇게 해야 합니다. 법을 어기고, 사람들에게 피해를 주고, 상처를 주고, 아픔을 주는 건 사람의 도리가 아니니까요.

10대는 몸과 마음이 성숙해져 가는 시기입니다. 이 시기에 마음을 잘 가꿔야 합니다. 마음이 곧고 생각이 반듯해야 품성이 바른 사람이 될 수 있습니다.

---

* 물은 무엇에나 필요하고, 가장 부드럽고, 가장 강하다. 물과 같은 사람이 된다면 풍요로운 인생으로 살아갈 수 있다.

*
정신이 빈곤하면
물질이 아무리 풍요로워도
온전한 행복을 느끼지 못한다.
물질이 겉 치레를 도울 수는 있어도
정신의 허함을 채워주지 못하기 때문이다.
정신이 풍요롭기 위해서는 사색하라.
사색도 습관이다.

*
현대는 전문지식과 전문가를 요구한다.
현대는 모든 분야에서 단편적인 것이 아닌
전문적인 것을 요구하는 사회이다.
하나를 알아도 깊이 있게 아는 것을 원한다.
그래서 표피적이고 단순한 지식으로는
자신이 원하는 직업을 가질 수 없다.
기업이나 사회에서 요구하는 실력을 갖추어라.
그러지 않으면 죽었다 깨어나도
자신이 원하는 직업을 갖거나 일을 할 수가 없다.

*
배타적인 생각을 버려라.
변화의 걸림돌은 고정관념에도 있지만
배타적인 생각이야 말로
가장 위험한 생각이다.
배타적인 생각은
적을 만들 수 있기 때문이다.

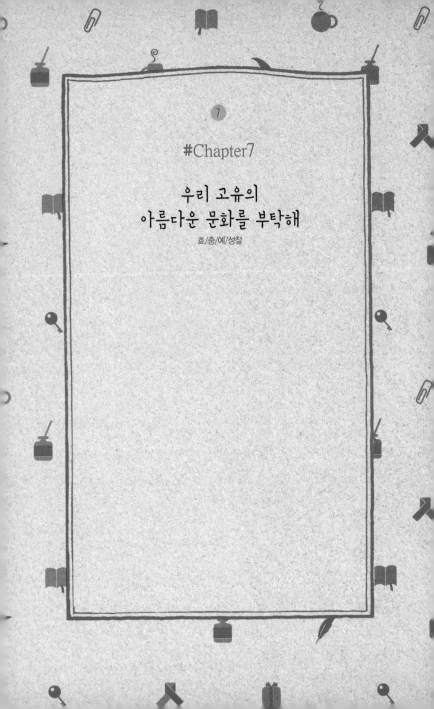

⑦

#Chapter7

우리 고유의
아름다운 문화를 부탁해
효/충/예/성찰

무너진 강둑은 다시 쌓으면 되지만
한 번 깨진 신뢰를 다시 쌓기란 태산을 오르는 것처럼 힘들다.

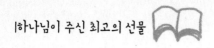

하나님이 주신 최고의 선물

자식들에게 있어 어머니보다
더 훌륭한 하나님의 선물은 없다.

▪ 에우리피데스

▪ **에우리피데스**Euripides (BC 484~BC 406) 고대 아테네 3대 비극 작가 가운데 아이스킬로스와 소포
클레스에 뒤이은 마지막 인물이다. 그는 극작가로 더 유능한 재능을 보였다. 그의 희곡들은 윤리적
이며 사회적인 논평으로 가득해 후세 사람들은 그의 논평을 도덕론이나 문집 등에 활용했다고 한
다. 그는 많은 서적을 소유한 장서가이며, 사려가 깊어 많은 사람들에게 회자 되었다. 그는 연극대
전에서 4번 우승을 했지만, 모든 경쟁자들 중에 단 3명만 뽑는 계관시인으로 20번 넘게 뽑혔다고
한다. 그는 총 92편의 희곡을 썼다고 하는데 지금까지 남아 있는 것은 모두 19편이다. 그의 주요 희
곡을 보면 〈주신 바쿠스의 시녀들〉, 〈아우리스의 이피게네이아〉, 〈트로이의 여인들〉 외 다수가 있다.

우리 고유의 아름다운 문화를 부탁해

어머니의 사랑은 마르지 않는 샘물입니다. 아무리 퍼내고 퍼내도 끊임없이 솟아나는 샘물. 한여름 산을 오르다 목이 말라 시원한 샘물을 마셔 본 적이 있습니까? 그럴 때의 그 시원함은 오랫동안 잊지 못합니다.

어머니의 사랑은 자식들에겐 아주 좋은 인생의 샘물입니다. 그래서 어머니의 사랑을 넉넉히 받은 자식들은 어떤 고난 속에서도 힘차게 헤쳐나갑니다. 그것은 어머니의 사랑이 끊임없이 에너지를 불어넣어 주기 때문입니다.

그런데 어머니는 당신이 가진 것을 다 주고도 더 줄 것이 없어 마음 아파하고 안쓰러워합니다. 하지만 자식들은 더 많은 것을 받으려고만 합니다. 어머니의 삶은 안중에도 없고 오직 자신들만 생각합니다.

언젠가 물에 빠진 자식을 구하다 죽은 어머니가 생각납니다. 죽음 앞에서도 두려움 없이 강물에 뛰어들던 어머니. 어쩌면 어머니는 이처럼 희생적일 수 있을까요. 그런데도 많은 자식들은 어머니의 목숨이 여럿은 되는 줄 아는 것 같습니다.

독일의 시인 실러Friedrich von Schiller는 '하나님은 어디에나 있을 수 없어 어머니를 만드셨다.'고 말했습니다. 그렇습니다. 어머니는 자식들에게 준 하나님의 선물입니다.

고마우신 어머니에게 효를 다하십시오. 그것이 어머니에 대한 예의이며 자식의 도리입니다.

* 어머니는 마르지 않는 영원한 사랑의 샘물이다.

효는 백가지 행실의 근본이다.
부모에게 효도하는 사람은
우선 남을 미워할 줄 모르며
부모를
공경하는 사람은 남을 얕보지 않는다.

▪ 효경

<hr />

▪ **효경**孝敬 공자와 증자가 효에 관하여 문답한 것을 기록한 13경 중 하나로 유교경전이다. 이 책은 부모에 대한 호도를 바탕으로 집안의 질서를 세우는 일이 나라를 다스리는(치국)일의 근본이며 효도야말로 천天, 지地, 인人 3재를 관철하고 신분 여하에 관계없이 동일하게 적용되는 최고 덕목의 윤리 교본으로 정해지는 데 큰 역할을 했다. 한국, 중국, 일본 봉건사회에서는 '효'가 통치사상과 윤리관의 중심으로 자리 잡는 데 큰 역할을 했다. 우리나라에서는 삼국시대부터 필수교과목으로 중요시했다. 특히, 조선 시대에는 여러 차례 간행하여 보급했다.

우리 고유의 아름다운 문화를 부탁해

부모에게 하는 것을 보면 그 사람의 성품을 알 수 있다고 했습니다. 이는 무엇을 말할까요. 즉 그 사람의 행실을 보면 그 사람의 모든 것을 알 수 있다는 말입니다. 그 사람의 말과 행동엔 그 사람의 배움과 성격이 그대로 나타납니다. 그래서 그 사람의 언행이 바르면 그를 믿게 되고, 언행이 불손하면 그 사람을 배격하게 됩니다.

옛날엔 부모님이 돌아가시면 3년 동안 부모님 묘소 옆에 움막을 짓고 생활하며 보살펴 드렸습니다. 그리고 3년을 마치면 집으로 돌아와 평소처럼 생활했다. 이를 '시묘살이'라고 하는데, 이는 자식들에게는 매우 은혜로운 일로 여겼습니다.

하지만 자식이라고 해서 다 시묘살이를 하지는 않았습니다. 그러다 보니 시묘살이를 한 자식은 그 행실을 인정받아 어디를 가던 '효자'라는 칭송이 자자했습니다. 왜 그럴까요. 3년 동안 아무것도 하지 않고 거친 음식을 먹고, 소박한 차림으로 지내며 검소하게 보낸다는 것은 고행과도 같기 때문입니다. 헌데 그 일을 해 냈으니 인정받아 마땅한 것입니다.

그래서 '효'를 백 가지 행실의 근본이라고 하는 것인가 봅니다.

---

* 하나를 보면 열을 안다고 했다. 누가 보더라도 '아, 참 잘 배웠구나.'하고 칭찬을 받는 아들딸이 되어야겠다.

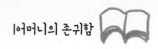

두 팔에 자식을 안고 있는
어머니를
보는 것처럼 매력 있는 일은 없다.
그리고 여러 자식에게 둘러싸인
어머니처럼 존귀한 것은 없다.

• 괴테

• 요한 W. 뵌 괴테Johann Wolfgang von Goethe (1749~1832) 독일 최고 시인, 작가, 과학자, 정치가. 독일 고전주의 문학의 대표작가이다. 괴테는 어린 시절 천재교육을 받을 만큼 뛰어났다. 그는 문학 외에 법률에도 관심을 기울여 1770년 스트라스부르 대학에서 법률박사 학위를 받았다. 또한 그림에도 재능이 뛰어나 그림을 그리기도 했다. 뿐만 아니라 광물학, 식물학, 골상학, 해부학에도 조예가 깊어 연구를 하는 등 실적을 쌓았다. 괴테는 바이마르 대공화국의 정무를 담당하는 추밀참사관, 추밀고문관, 내가수반으로 약 10년간 정치활동을 했다. 그는 다재다능한 능력으로 자신의 능력을 펼쳐 보인 위대한 천재로 평가받는다. 주요작품으로는 《파우스트》, 《젊은 베르테르의 슬픔》, 《이탈리아 기행》 외 다수가 있다.

우리 고유의 아름다운 문화를 부탁해

아주 오래전 일입니다.

섬에서 딸을 육지 학교에 보내기 위해 비가 오나, 눈이 오나, 바람이 불어도 나룻배를 저어 딸의 등하교를 시킨 지극정성의 어머니가 있었습니다. 이 어머니의 소식은 뉴스를 통해 전국에 알려졌고, 자랑스러운 어머니로 온 국민에게 큰 감동을 주었습니다.

생각해 보십시오. 하루 이틀도 아니고 매일매일을 사랑하는 자식을 위해 험한 파도를 헤치고 자식의 길이 되어 준 어머니의 그 놀라운 정성을요.

이 이야기를 우연히 듣고 뜨거운 감동을 받았었습니다. 아무리 자식이 소중하다지만 새벽 바닷길을 열고, 하루도 거르지 않고 딸을 등하교시키다니, 어머니의 '사랑의 힘'은 참으로 놀라울 뿐입니다.

'어머니가 자식의 인생을 만든다'는 말이 있습니다. 이는 '불가능은 없다'고 한 나폴레옹의 말이기도 합니다. 이 말은 무한한 어머니의 사랑과 관심은 자식의 인생을 위해 못할 것이 없다는 뜻입니다.

자식을 위해서라면 섶을 지고 불 속이라도 뛰어들고, 험한 태산준령도 마다치 않고 넘는 게 어머니의 사랑입니다. 세상에서 가장 존귀한 분인 어머니, 늘 어머니의 은혜를 생각하는 자식이 되길 바랍니다.

---

* 어머니의 사랑은 단순한 사랑이 아니다. 다이아몬드보다 더 귀한 '사랑의 보석'이다.

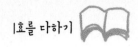
나무는 잠잠 하려고 하나
바람이 그치지 않고,
자식은 섬기고자 하나
어버이는 기다리지 않는다.

• 맹자

• 맹자孟子 (BC 371~BC 289) 중국의 고대철학자로 추나라 사람이다. 어린 나이에 아버지를 여의고 어머니 슬하에서 자랐다. 그의 어머니는 아들 맹자를 잘 키우기 위해 3번이나 이사를 했다. 이를 가리켜 맹모삼천孟母三遷이라 한다. 젊은 시절의 그는 공자의 손자인 자사의 문하생으로 수업했다. 그로인해 공자의 사상을 고스란히 이어받았다. 그 또한 많은 사람들을 가르쳤고, 제나라 관리로서 일하기도 했다. 특히, 맹자는 각국을 돌아다니며 제후들에게 인정을 베풀라며 말했다. 그리고 그는 배성들의 복지를 돌보아야 할 책임이 있다고 주장하여 맹자를 백성들을 위한 철학자라고 부르기도 한다. 맹자는 사람은 누구나 태어날 때부터 착하다는 '성선설'을 주장한 것으로 유명하다. 주요저서로는 어록 《맹자》가 있다.

우리 고유의 아름다운 문화를 부탁해

어떤 아들이 있었습니다. 중학생이 되자 나쁜 친구들과 어울리며 남의 물건을 훔치고, 아이들의 돈을 빼앗았습니다. 그러다 보니 소년원을 제 집처럼 들락날락거렸습니다. 어머니는 소년원을 나온 아들을 붙잡고 울면서 말했습니다.

"애야, 엄마의 소원이란다. 다시는 이런 곳에 오지 않았으면 좋겠구나."

아들은 어머니의 말을 듣고는 그러겠다고 말했습니다.

하지만 언제나 말 뿐이었습니다. 어른이 되고도 여전히 버릇을 고치지 못하고 교도소를 드나들었습니다. 그러던 어느 날 아들은 교도소에 온 목사의 설교를 듣고 크게 깨달았습니다. 그리고 다시는 나쁜 짓을 하지 않겠다고 굳게 다짐하였습니다. 출소한 아들은 교도소에서 배운 목공기술을 살려 목공소에 취직하였습니다. 그때 나이는 서른둘이었습니다. 자신의 결심대로 어머니를 위해 열심히 일했고 하루하루 희망으로 부풀어 올랐습니다. 이웃의 소개로 여자도 만났습니다. 둘은 장래를 약속하였습니다.

아들은 어머니를 모시고 아내와 재미있게 살고 싶은 꿈에 그어느 때보다도 행복했습니다. 하지만 어머니가 병으로 자리에 눕더니 석 달 만에 세상을 뜨고 말았습니다. 아들은 어머니를 잃은 슬픔에 몇 날 며칠을 잠을 이루지 못하고 울었습니다.

부모님은 언제까지나 기다려주지 않습니다. 살아계실 때 효를 다하는 길뿐입니다.

* 부모님은 자식에게 커다란 삶의 느티나무와 같다. 아무리 힘들고 어려워도 자식을 위해서라면 온몸을 던지는 분이 부모님이다.

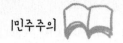

민주주의는
결코 죽지 않는다.

• 프랭클린 루스벨트

• **프랭클린 D. 루스벨트**Flanklin Delano Roosevelt (1882~1945) 미국의 정치가.
미국 역사상 최초로 4선 대통령인 루스벨트는 그 어떤 정치가보다도 실패를 많이 했다. 그는 39세
때 갑작스럽게 소아마비를 앓게 되면서 심한 좌절을 겪기도 했다. 그러나 그는 강철 같은 의지로 소
아마비를 극복하며 대통령이 되었다. 루스벨트는 자신의 공약대로 '뉴딜New Deal 정책'을 펼쳐나
감으로써 미국을 최악의 경제공황으로부터 구해냈다. 그가 미국국민들로부터 존경받는 것은 그
어떤 상황에서도 자신의 책임을 다했을 뿐만 아니라, 남의 의견을 존중하고, 평화와 자유를 사랑하
는 따뜻하고 부드러운 인간애로 국민들에게 희망과 용기를 준 삶을 지향했기 때문이다. 주요저서
로 《우리의 길On Our Way》 외 다수가 있다.

우리 고유의 아름다운 문화를 부탁해

민주주의는 국민들이 주인이 되어 나라를 다스리는 체제입니다. 국민들은 한사람이 아니라 여러 사람이기 때문에 서로 합리적인 토론을 통해 여론을 형성해 사람들과 합의를 통해 나라를 이끌어나가야 합니다.

모든 사람들이 안건을 해결하기엔 할 일들이나 시간이 모자르기 때문에 대변할 수 있는 사람들을 지역마다 대표로 내세워 국민 대신 정치를 시키는 것을 대의정치라고 합니다. 그렇게 해서 뽑힌 정치인들은 주권을 가진 국민을 위해서 나라를 운영합니다. 그러나 불과 1세기 전만 해도 우리 조상늘은 그런 나라에 살지 못했습니다. 우리나라는 백성들의 것이 아니라 왕의 나라였고 백성들은 왕을 위해 존재하는 도구일 뿐이었지요.

민주주의는 사람들이 왕을 위해 존재하는 것이 아닌 국민 모두를 위해 나라가 존재하는 것이라고 생각하는데서 시작합니다. 그렇기에 왕이 다스린다거나 한 사람의 지도자가 마음대로 나라를 이끌어 가는 것과는 반대의 입장에 서 있는 것이 민주주의입니다. 소수의 사람이 나라를 다스리는 것을 독재라 합니다. 독재는 국민이 다스린다는 원칙을 거스르며 소수의 특정 사람들이 독단적으로 일을 처리해 다수의 국민들은 소외당합니다. 그것을 막기 위해 생겨난 것이 민주주의이며, 인간의 자유와 평등, 행복한 삶을 보장하기 위해 수많은 시행착오 끝에 현대의 국가들이 대부분 선택한 가장 완성된 형태의 국가체제입니다.

민주주의는 국민이 국가의 주인입니다.

＊ 민주주의는 국민이 주체로 있는 한 사라지지 않는다. 국가의 주인은 곧 국민이기 때문이다.

바른 마음 갖기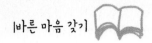

남을 책망하는 사람은
끝끝내 사귀지 못할 것이며,
자기를 용서하는 사람은
허물을 고치지 못한다.

- 명심보감

....

- **명심보감**明心寶鑑 《명심보감》은 중국 고전에 나와 있는 경구들을 가려 뽑아 1393년 명나라의 범립본이 편찬한 것으로써 우리나라에서는 조선 시대 때(1454년) 청주에서 처음 간행된 학습서이다. 우리가 지금 사용하는 《명심보감》은 조선 시대 때 것으로 고려 충렬왕 때 추적이 가려내 엮은 학습서라는 것은 와전된 것이다. 명심보감은 충과 효와 예 등 가정교육을 중심으로 해서 엮은 것으로 유교적 교양과 심성교육을 바탕으로 하고 있다. 《명심보감》에 자주 나오는 주요학자들을 보면 공자, 강태공, 장자, 순자, 소동파, 주문공, 소강절, 마원, 사미온공, 정명도 등이다. 많이 인용한 책으로는 《경행록》, 《공자가어》, 《예기》, 《역경》, 《시경》, 《성리서》 등이다. 《명심보감》은 조선 시대에 가장 널리 읽힌 책 중 하나로 천자문을 익힌 어린이들이 반드시 읽어야 할 필독서였다.

우리 고유의 아름다운 문화를 부탁해

바른 사람이 되기 위해서는 바른 마음을 가져야 합니다. 마음이 바르지 못하면 언행이 바르지 못해 비뚤어진 사람이 되어 자신에게도 타인에게도 부끄러운 사람이 됩니다. 이런 사람은 어디를 가든 환영을 받지 못합니다.

철수라는 사람이 있었습니다. 이 사람은 사사건건 사람들을 비난하기를 좋아했습니다. 그에게 비난받은 사람들은 화가 나서 그에게 따졌고, 그는 그때마다 자신의 실수라고 말했습니다. 하지만 그의 못된 버릇은 고쳐지지 않고 계속해서 사람들을 비난했습니다. 결국 그의 주변엔 아무도 남지 않았습니다. 그제야 자신의 잘못을 반성했지만 이미 버스는 지나간 후였지요.

민수라는 사람은 자신이 잘못하고도 사과할 줄 몰랐습니다. 남의 기분을 망쳐놓고도 자신은 아무런 잘못이 없는 것처럼 행동했습니다. 언제나 자신의 잘못을 합리화했습니다.

그러던 어느 날 민수는 철수라는 사람을 만나 싸움을 걸었고 철수가 사과할 것을 요구하자 민수는 자신의 잘못을 인정하지 않고 오히려 철수의 잘못으로 돌렸습니다. 이에 철수는 자신도 그렇게 해서 주변 사람들이 다 떠났다고 당신만은 나 같은 사람이 되어선 안 된다며 눈물로 호소하자 그는 철수의 진심 어린 눈물에 그제야 잘못했다고 말했습니다. 민수는 그 일을 겪은 후 자신을 되돌아보고 행동을 고쳤습니다.

바른 마음을 갖기 위해서는 바른 생각을 해야 합니다. 생각이 바르지 못하면 말도 행동도 바르지 못하게 됩니다.

＊ 생각이 바르면 몸도 마음으로 바르다. 그러나 생각이 비뚤면 몸도 마음도 비뚤게 된다.

남을 이롭게 하기

남을 이롭게 하는 것이
곧 자신을 이롭게 하는 것이다.

• 채근담

....

• **채근담** 명나라 고전문학가인 홍자성(본명 홍응명)의 어록으로 삼교일치의 처세 철학서이다. 채근담은 경구 풍의 단문 350여 조로 구성되어 있다. 중국에서는 잘 알려지지 않았으나 한국에서는 널리 읽혔다.

지은이에 대해 잘 알려지지 않은 것이 아쉬움으로 남지만, 진사 우공겸의 친구로 쓰촨 성의 사람으로 추정할 뿐이다. 저서로는 《선불기종》 8권이 있으며, 《채근담》과 함께 《희영헌총서》에 들어가 있다.

우리 고유의 아름다운 문화를 부탁해

'심은 대로 거둔다.' 라는 말이 있습니다. 이를 좀 더 쉽게 말하면 '콩 심으면 콩 나고, 팥 심으면 팥이 난다.' 이는 지극히 당연한 일입니다. 콩을 심었는데 팥이 나는 법은 절대 없으니까요.

이는 인간관계에서도 그대로 적용됩니다. 자신이 친구와 좋은 관계로 지내고 싶다면 말도 가려하고, 행동도 가려 해야 합니다. 먹을 것이 있으면 나눠 먹고, 친구가 어려운 일을 겪으면 도와주어야 합니다. 그러면 친구 또한 자신이 한 그대로 해 줄 것입니다. 그리고 더 좋은 친구가 되어야겠다고 생각할 것입니다.

그런데 함부로 말하고, 행동하고, 먹을 것이 있어도 나눠 먹지 않고, 어려운 일을 겪고 있는데도 못 본척한다면 그 또한 그대로 받게 될 것입니다.

세상에는 일방적인 것은 없습니다. 물론 부모님의 사랑은 무조건적인 사랑이지만, 그것은 자신이 배 아파 낳은 자식이기에 그런 것입니다.

그러나 친구나 이웃은 다릅니다. 그들은 자신이 받은 대로 되돌려줍니다. 자신이 친구와 좋은 사이가 되고 싶다면 말과 행동을 가려 하고, 먹는 것이든 무엇이든 함께 나누고, 어려운 일을 보면 주저 없이 도와주어야 합니다.

특히, 남을 이롭게 한다는 것은 참 아름다운 일입니다. 배려와 사랑이 없으면 할 수 없는 일이기 때문입니다. 그런 사람은 누구에게나 좋은 이미지를 심어주고 인정받는 것입니다.

---

* 착한 일을 하면 복을 받고, 악행을 일삼으면 죄를 받는다.

입과 혀는
화와 근심의 문이며,
몸을 죽이는 도끼와 같다.

• 명심보감

....

• **명심보감**明心寶鑑 《명심보감》은 중국 고전에 나와 있는 경구들을 가려 뽑아 1393년 명나라의 범립본이 편찬한 것으로써 우리나라에서는 조선 시대 때(1454년) 청주에서 처음 간행된 학습서이다. 우리가 지금 사용하는 《명심보감》은 조선 시대 때 것으로 고려 충렬왕 때 추적이 가려내 엮은 학습서라는 것은 와전된 것이다. 명심보감은 충과 효와 예 등 가정교육을 중심으로 해서 엮은 것으로 유교적 교양과 심성교육을 바탕으로 하고 있다. 《명심보감》에 자주 나오는 주요학자들을 보면 공자, 강태공, 장자, 순자, 소동파, 주문공, 소강절, 마원, 사미온공, 정명도 등이다. 많이 인용한 책으로는 《경행록》, 《공자가어》, 《예기》, 《역경》, 《시경》, 《성리서》 등이다. 《명심보감》은 조선 시대에 가장 널리 읽힌 책 중 하나로 천자문을 익힌 어린이들이 반드시 읽어야 할 필독서였다.

우리 고유의 아름다운 문화를 부탁해

말은 조심해서 해야 합니다. 잘못된 한마디 말은 인생을 한순간에 무너뜨리고, 힘들여 쌓아올린 성공의 탑을 여지없이 날려 버립니다.

지금 우리 사회는 잘못한 말 때문에 연일 시끄럽습니다. 말 때문에 정치인들이 감옥에 갇히고, 하던 방송 프로그램에서 퇴출당하고, SNS를 통해 인신공격하다 법의 심판을 받는 일이 점점 늘고 있습니다. 이는 잘못된 한마디 말이 얼마나 나쁜지를 잘 보여줍니다.

《탈무드》에 보면 가장 좋은 것도 혀요, 가장 나쁜 것도 혀라고 말합니다. 그렇습니다. 아름다운 말, 칭찬의 말, 격려의 말, 꿈을 주는 말, 용기를 주는 말, 사랑의 기쁨을 주는 사랑의 말은 가장 좋은 말입니다. 그러나 상처를 주는 말, 아픔을 주는 말, 비난을 퍼붓는 말, 의지를 꺾는 말은 가장 나쁜 말입니다.

좋은 말은 아무리 해도 문제가 없습니다. 하면 할수록 좋습니다. 좋은 말은 소통을 원활하게 해주고 상대방과의 우호 증진에도 큰 도움을 줍니다. 하지만 나쁜 말은 하면 안 됩니다. 사람을 화나게 하고 짜증나게 합니다. 나쁜 말은 소통을 가로막고 상대방과 등지게 만든다.

나쁜 말로 상대방을 억지로 잡아두기보다는 재미있는 말로 상대방을 불러들이는 방법을 연구해 보세요.

---

* 말은 대표적인 소통수단이다. 원만한 인간관계를 위해 소통을 즐기되 말을 잘 가려서 하라. 잘못 한 말은 말이 아니라 상처를 주는 독이다.

|인정 베풀기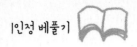

매사에 인정을 베풀면
훗날 기쁘게 다시 만난다.

• 명심보감

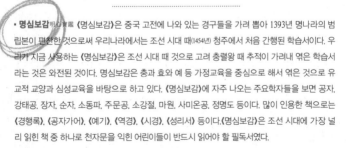

• **명심보감**明心寶鑑 《명심보감》은 중국 고전에 나와 있는 경구들을 가려 뽑아 1393년 명나라의 범 립본이 편찬한 것으로써 우리나라에서는 조선 시대 때(1454년) 청주에서 처음 간행된 학습서이다. 우 리가 지금 사용하는 《명심보감》은 조선 시대 때 것으로 고려 충렬왕 때 추적이 가려내 엮은 학습서 라는 것은 와전된 것이다. 명심보감은 충과 효와 예 등 가정교육을 중심으로 해서 엮은 것으로 유 교적 교양과 심성교육을 바탕으로 하고 있다. 《명심보감》에 자주 나오는 주요학자들을 보면 공자, 강태공, 장자, 순자, 소동파, 주문공, 소강절, 마원, 사미온공, 정명도 등이다. 많이 인용한 책으로는 《경행록》, 《공자가어》, 《예기》, 《역경》, 《시경》, 《성리서》 등이다. 《명심보감》은 조선 시대에 가장 널 리 읽힌 책 중 하나로 천자문을 익힌 어린이들이 반드시 읽어야 할 필독서였다.

우리 고유의 아름다운 문화를 부탁해

범사유인정凡事留人情 후래호상견後來好相見

'매사에 인정을 베풀면 훗날 기쁘게 다시 만난다'라는 뜻입니다. 인정을 베풀기 위해서는 타인을 생각하는 따뜻한 마음이 있어야 합니다. 인정을 베푼다는 것은 아름답고 행복한 일입니다.

미국의 필라델피아 어느 산골 호텔에 노부부가 문을 열고 들어왔습니다. 시간은 밤 12시를 넘겼고 밖에는 비가 내리고 있었습니다. 노부부는 방을 달라고 했지만 그날따라 방이 없었습니다. 실망하고 나가는 노부부를 불러 세운 젊은 직원은 자신이 쓰는 방을 깨끗이 청소하고 잠자리를 살펴주었습니다.

이튿날 노부부는 젊은이를 위해 호텔을 지어야겠다고 말하며 기분 좋은 얼굴로 떠났습니다. 그로부터 2년 후 젊은 직원은 초청장을 받고 뉴욕으로 갔습니다. 물론 비행기 표도 들어있었습니다. 젊은 직원이 도착한 곳엔 하늘을 찌를 듯이 서 있는 멋진 호텔이 그를 굽어보고 있었습니다.

그를 만난 노부부는 이 호텔 경영을 젊은 직원에게 맡기겠다고 말했습니다. 젊은 직원은 생각지도 못한 선물을 받고 그 호텔의 총지배인이 되었습니다. 작은 친절이 준 소중한 선물이었던 것입니다. 그 호텔이 바로 월도프 아스토리아 호텔이며, 그 젊은이의 이름은 조지 c. 볼트George C. Bolt이고, 노신사는 윌리엄 월도프 아스토리아Waldorf Astoria입니다. 누구에게나 친절을 베푸는 따뜻한 사람이 되십시오.

* 친절은 소중한 인간관계를 맺게 해주는 가장 아름다운 행동이다.

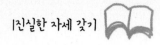
어진 것을 그 근본으로 삼고
이치를 탐구함으로써
착한 것을 밝히고,
힘써서 그것을 실천한다면
반드시
자신의 뜻하는 바를 이룰 수 있다.

• 율곡 이이

....

• 율곡 이이 栗谷 李珥(1537~1584) 조선 시대 문인. 성리학자, 교육자. 병조판서. 이이는 어린 시절부터 어머니 신사임당의 가르침으로 학문 수행에 힘썼으며 올곧은 마음으로 사물의 이치와 일의 옳고 그름을 분별하는 능력이 뛰어났다. 그는 어머니가 죽자 3년 동안 시묘살이를 하고 중이 되었다가 환속하여 학문증진에 힘썼다. 그는 학문이 출중하여 아홉 차례나 과거에 장원급제하였다. 그는 자신이 옳다고 생각하는 일엔 자신의 생각을 기탄없이 말해 선조는 그를 신임하고 아꼈다. 이처럼 그는 자신이 옳다고 생각하는 일엔 자신의 생각을 기탄없이 말했다. 그는 평생을 정직과 신의로써 일관한 문인이며, 학자였다. 주요저서로 《격몽요결》, 《성학집요》, 《경연일기》 외 다수가 있다.

어진 사람은 적이 없습니다(인자무적仁者無敵). 어진 사람은 마음이
착해서 타인을 함부로 여기지 않으며, 자신이 손해를 보더라도
양보하기를 좋아합니다. 그래서 어딜 가든 사람들에게 환영받고
잘 어울립니다.

그러나 마음이 어질지 못하면 이기적이고 자기중심적이어서
사람들과 다투기를 잘하고, 물과 기름이 겉돌듯 잘 어울리지 못
합니다.

이이 율곡은 어진 마음으로 살아야 한다고 말하고, 그것을
근본으로 하여 선을 행하면 자신이 뜻하는 바를 이룰 수 있다고
말합니다. 그렇습니다. 마음이 어질고 착하면 주변 사람들이 도
와주고, 하늘도 도와준다고 했습니다.

그런데 그렇지 않다면 주변 사람들도 외면하고, 하늘도 외면
할 것입니다. 잘되고 싶다면 마음을 어질게 하고, 바르게 행동
해야 합니다.

지금 이 순간 자신을 한 번 돌아보십시오. 나는 과연 어질고
착한 사람인지를 말이죠. 만일 어질고 착하다면 그 마음이 변하
지 않도록 하십시오. 그런데 어질지 못하고 착하지 않다면 자신
을 변화시키도록 해야 합니다. 노력해서 안 되는 것은 없습니다.
안 하니까 못하는 것입니다.

자신에게는 냉철하고 타인에게는 어질고 진실하도록 노력해
보십시오.

---

* 모든 것은 자신이 할 탓이며, 심은 대로 거두는 법이다.

항상 내 마음을 경계하라.
그리고 내 행동을 살펴라.
아껴 쓰지 않으면 집이 망하고,
청렴하지 못하면 자리를 잃는다.

• 회남자

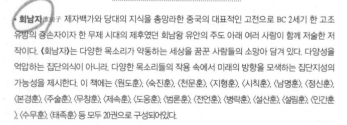

• **회남자**淮南子 제자백가와 당대의 지식을 총망라한 중국의 대표적인 고전으로 BC 2세기 한 고조 유방의 증손자이자 한 무제 시대의 제후였던 회남왕 유안의 주도 아래 여러 사람이 함께 저술한 저 작이다. 《회남자》는 다양한 목소리가 약동하는 세상을 꿈꾼 사람들의 소망아 담겨 있다. 다양성을 억압하는 집단의식이 아니라, 다양한 목소리들의 작용 속에서 미래의 방향을 모색하는 집단지성의 가능성을 제시한다. 이 책에는 〈원도훈〉, 〈숙진훈〉, 〈천문훈〉, 〈지형훈〉, 〈시칙훈〉, 〈남명훈〉, 〈정신훈〉, 〈본경훈〉, 〈주술훈〉, 〈무창훈〉, 〈제속훈〉, 〈도응훈〉, 〈범론훈〉, 〈전언훈〉, 〈병락훈〉, 〈설산훈〉, 〈설림훈〉, 〈인간훈〉, 〈수무훈〉, 〈태족훈〉 등 모두 20권으로 구성되어있다.

　　　　　　　　　　　　　우리 고유의 아름다운 문화를 부탁해

자신에 대해 늘 살피는 자세를 가져야 합니다. 그래서 잘한 일은 더 잘하도록 하고, 잘못한 일은 즉시 고쳐야 합니다. 그래야 자신을 잘 가꾸게 됨으로써 좋은 성품을 갖출 수 있습니다.

자신을 잘 가꾸기 위해서는 어떻게 해야 할까요.

먼저 하루에 한 번씩 그 날 잘한 일과 잘못한 일을 살펴보는 시간을 가져야 합니다. 그리고 그에 맞게 마음을 대처하십시오.

다음으로 무슨 일에서든 원칙을 지키도록 해야 합니다. 그래야 느슨해지는 몸과 마음을 바르게 할 수 있습니다.

또한 항상 바르게 생각하고, 바르게 행동해야 합니다. 이런 자세는 누구에게든 신뢰를 받게 합니다.

그리고 절약정신을 길러야 합니다. 절약정신은 자제력을 기르는데 참 좋은 방법입니다. 자제력이 좋아야 실수를 막을 수 있습니다.

마지막으로 자신에게 엄격하고 남에게는 관대해야 합니다. 이런 자세는 자신을 바르게 하고, 남에게는 너그러운 사람으로 인정받게 합니다.

이 다섯 가지를 꾸준하게 실천한다면 누구에게나 인정받는 사람으로 거듭남으로써 자신을 행복하게 할 수 있을 것입니다.

* 하루에 한 번은 마음을 살피는 자정의 시간을 가져라. 마음이 맑으면 몸도 반듯해진다.

*
묵은 마음, 찌든 마음,
텁텁한 마음으로는
생각을 바르게 할 수 없다.
이런 마음이 있는 한
그 사람은 자유롭지 못하다.
자신이 진정으로
맑고 깨끗하게 살기를 원한다면
마음을 맑게 씻어야 한다.

맑은 마음,
맑은 마음이 참 인간의 마음이다.

|서양|

|중국|

|일본|